동시는 내게 말했다

열린어린이 책 마을 15

동시는 내게 말했다
권오삼 지음

초판 1쇄 인쇄 2022년 1월 19일
초판 1쇄 발행 2022년 1월 26일

펴낸이 김덕균
편집 김원숙, 조수연 디자인 김민정
관리 권문혁 출판신고 제 2014-000075호
주소 서울시 마포구 월드컵북로5가길 17 3층
전화 02) 326-1284 전송 02) 325-9941
ⓒ 권오삼, 2022

ISBN 979-11-5676-139-6 03800
값 16,500원

열린어린이 책 마을 15

동시는 내게 말했다

권오삼 지음

권오삼 동시 창작론

열린어린이

머리말

동시 창작에 입문한 신인들을 위해

　이 책은 동시를 쓰는 기술을 논한 책이 아니다. 기술이나 기법은 열심히 창작을 하다 보면 스스로 터득하게 된다. 회사후소라는 말도 있듯이 동시 창작에선 바탕이 중요하다. 오로지 기술에 의존하여 동시를 쓰려고 한다면 곧 상투성에 빠질 것이다. 그리되면 어린이 독자들은 물론 어른 독자들도 염증을 느껴 외면할 것이다. 그리고 동시는 성인시(일반시)와는 다르게 특수성과 제약이 있다는 것을 알아야 한다. 따라서 기본부터 익히는 것이 중요하다. 이 점을 거듭 강조하고 싶다. 또한 동시는 생각 이상으로 쓰기가 어렵다는 것도 알아둬야 한다.

　이 책의 핵심은 1부이다. 2부는 입에 쓴 약초 같은 말들의 집합이다. 이 책을 읽으면서 공감이 가는 부분이 있으면 받아들이고, 거부감이 드는 내용이나 자신의 관점과 다르면 그냥 흘려버리면 된다. 무슨 책이든 비판적으로 읽어야 한다는 건 맹자께서도 말씀하신 독서법이 아닌가. 이것도 아니고 저것도 아니게 책을 읽는 것은 결코 바람직하지 않다. 만약 당신이 동시와 인연을 맺은 지 얼마 안 되는 연륜이라면, 시간을 두고 몇 번이나 읽으라고 권하고 싶다. 그땐 당신도 어린이 독자들로부터 환영받는 동시를 쓰는 시인이 될 테니까.
부디 이 졸저가 동시 창작에 나선 당신께 작은 도움이라도 되었으면
하는 마음이다.

　이 책이 나올 수 있도록 편집에서 교정까지 애를 써 주신 김원숙
님의 노고와 조수연 양의 수고가 없었다면 이 책은 결코 빛을 보지
못했을 것이다. 고마운 마음을 전하며 이 책을 쾌히 출판해 주신 김
덕균 사장님께도 깊은 감사의 인사를 드린다.

2022년 1월
수원에서 권오삼

차례

머리말 동시 창작에 입문한 신인들을 위해 　　　　　　• 4

1부 동시는 내게 말했다 ∿∿∿

제1장 　　　　　　　　　　　　　　　• 10

제2장 　　　　　　　　　　　　　　　• 32

제3장 　　　　　　　　　　　　　　　• 52

제4장 　　　　　　　　　　　　　　　• 71

2부 동시를 쓰려면

동시도 잘 쓰려면 밑천을 들여야 한다 　　　　　　　 • 92

시인의 자세 　　　　　　　　　　　　　　　　　　 • 134

동시 창작과 동시에 대한 생각 　　　　　　　　　　 • 154

글쓰기와 관련하여 　　　　　　　　　　　　　　　 • 194

동시는
내게 말했다

제1장

　프리드리히 니체의 명저 『차라투스트라는 이렇게 말했다』를 몇
년 전에 다시 두 번 읽었다. 번역자가 다른 두 종의 책으로. 그 책 제
목을 차용한 게 '동시는 내게 말했다'이다. 이렇게 제목을 정하고 나
니 이미 써 놓은 글을 손보기가 훨씬 수월했다.

　니체(1844~1900) 선생은 1900년에 작고하셨으니 무덤엔 백골 몇
점만 남았으리라. 나는 니체 선생의 여러 말씀 중 '신은 죽었다'는 말
에 통쾌함을 느낀다. 그런데 이 말이 내게 '시는 죽었다'로 들리니 이
무슨 변고인가.

　내가 열중하던 돈벌이 일을 접고 동시로 귀향한 것은 1997년 외
환 위기 때였다. 졸지에 무직자가 된 나는 심심파적으로 「권오삼 아
동문학 사랑방」이라는 글쪽지를 달마다 내면서 다시 문학 공부를 했
다. 그 글쪽지는 A4용지 4쪽에서 6쪽짜리로 처음엔 100부를 발행,
이후 150부까지 발행하면서 이오덕, 권정생 선생을 비롯한 가까운
분들에게 정기적으로 보냈다. 무식하면 용감하다고 글쓰기에서부터
제작, 발송까지 혼자 북 치고 장구 치고를 했다.

　그도 4년 2개월을 하고 나니 밑천이 동이 나 2002년 7월에 51

호로 마감했다. 4년의 휴지기를 가진 뒤 개인 카페를 개설한 것이 2006년 9월 22일이었다. 카페명은 '동시촌'. 그러다가 다시 '한국동요동시문학'으로 개명, 운영하다가 현재의 카페 '동시창작연구소'에 이르렀다.

이 글은 카페를 운영하기 전에 써 놓았던 것과 카페를 운영하면서 그때그때 떠오른 단편적인 생각들을 끼적거려 두었던 글들이다. 그러다 보니 정리되지 않았고 또 체계를 갖추지 못했다. 따라서 활자화한다는 것은 생각조차 해 본 적이 없다.

그런데 계간 『동시발전소』로부터 창작과 관련한 글을 청탁받고, 묵은 글들을 끄집어내었다. 살펴보니, 리모델링 정도가 아니라 재건축을 해야 할 판이었다. 하지만 내용에 부족함이 많고 거칠더라도 애초에 가졌던 날것 그대로의 뼈대(생각)는 그냥 두는 게 좋겠다는 쪽으로 마음을 굳혔다.

'마음은 아직도 문학청년이지만 머리는 이미 굳어 새로 공부를 해야 하는 나'이기에 미흡함이 많음을 안다. 이해 있기를 바랄 뿐이다.

01

동시는 내게 말했다

성인시는 물론 동시도 먹고 사는 일에 전혀 도움이 되지 않는다. 그런데 넌 왜 굳이 동시를 쓰려고 하느냐?

답 : 시를 안 읽어도 사는 일엔 전혀 지장이 없음을 압니다. 하지만 만약 시가 없다면 이 세상이 얼마나 삭막하고 허전할까요. 그리고 왜 쓰느냐고요? 그것도 동시를? 자기가 좋아서 하는 일에 무슨 까닭이 있습니까?

19세기 프랑스의 어떤 문학자는 "열렬한 사랑에 빠진 애인에게는 쾌락이 곧 학문이요, 근엄한 학자에게는 학문이 곧 쾌락"이라고 했습니다. 이 멋진 말을 흉내 내어 허풍을 좀 친다면 '현실적으로 별 효용 가치도, 경제 가치도 없는 동시 쓰기가 내게는 곧 쾌락이요 학문'이기 때문입니다.

하지만 사실은 가진 재주라곤 동시 쓰는 일뿐이어서 그렇습니다. 그 밖에 달리 드릴 말이 없군요. 아무리 생각해도 그럴듯한 말이 떠오르지 않네요.

아, 그리고 솔직히 말하면 인생이 그렇듯이 때로는 당신도 허망 그 자체이기도 했습니다. 하지만 나는 당신에게서 때로는 보람, 때로는 쾌락을 느끼면서 내 인생에서 가장 많은 시간을 바쳤습니다.

그렇다 하더라도 나는 네게 줄 게 아무것도 없다.

답 : 나는 당신에게 바라는 게 없습니다. 당신은 가진 게 워낙 없는 분이니까요. 그런 당신에게서 명예나 물질을 어찌 바랍니까? 도리어 당신 때문에 상처받거나 모욕, 수치심을 느낀 때가 한두 번이 아니었습니다. 그때마다 나는 분노와 비애감에서 당신을 배반하고 싶었으나 꾹 참고 오늘에 이르렀습니다.

02

동시는 내게 말했다

시의 가치는 존재하는 그 자체로 가치가 있는 것이다. 아름다운 무지개처럼. 굳이 기능을 따진다면 '일상 속에 안주하여 잠든 우리의 정신을 뒤흔들어 우리를 변모시키는' 것이라 하겠다. 하지만 동시는 꼭 그렇지 않다. 그냥 즐기는 것으로 맛있는 음식을 먹을 때와 똑같은 하나의 유쾌한 경험이라 하겠다.

그러니 현실적으로 대가가 없더라도, 박하더라도 실망하지 말아라. 자신이 좋아해서 하는 일이 아니냐. 그 마음 유지하기 어려우면 주저하지 말고 내 곁을 떠나라. 나는 냉정하다. 정이 식어 돌아서는 이에게 구차하게 매달리는 것만큼 수치스러운 것은 없다. 나는 그런 자들을 가혹하리만큼 경멸한다.

03
동시는 내게 말했다

시를 쓰고자 하는 이들이 유의해야 할 점이 있다면 읽는 것에 익숙해야 한다는 것이다. 쓰더라도 많이 읽으면서 써야 한다.

글재주란 별것이 아니다. 남의 글을 알아보는 분별력이다. 좋은 글인가 아닌가를 아는 간파 능력이다. 그러기 위해선 읽지 않으면 안 된다. 무작정 쓴다고 해서 좋은 글이 태어나는 건 아니다. 책도 문학 책만이 아닌 여러 방면의 책을 읽어야 한다.

읽기와 필사에 대해 말하겠다.

동사 '읽다'는 단순히 읽는다는 의미만이 아니라 '해석하다'라는 의미도 있다.

좋은 시를 보면 귀찮더라도 베껴라. 아니면 마음에 드는 시의 구절이라도 베껴라.

시를 필사하는 일은 시를 눈과 손끝으로 읽는 것이고, 시를 이해하는 일이고, 시를 해석, 감식하는 일이다. 아울러 착상은 어떻게 했으며 구성과 표현은 어떻게 했는지 창작의 비밀을 들여다보는 일이기도 하다. 기계적으로 베끼는 것은 자기 위안일 뿐이다.

눈으로 쓱 읽고 치운다면, 일반 독자라면 모르겠으나 작가 지망생이 그런다면 F학점이다. 시에 대한 것만이 아니라 명구, 명언이라고 여겨지는 멋진 표현, 멋진 비유, 멋진 문장을 보면 필사해 두어라. 도움이 될 것이다.

한수산(1946~, 1972년 등단) 소설가가 어떤 잡지에서, 지금도 나는 후배 작가들의 작품을 읽다가 좋은 문장을 보면 베껴 둔다고 했다. "작가는 평생 공부하는 자이다."(『하버드 글쓰기 강의』, 바버라 베이그) "열 번 읽는 것보다 한 번 베끼는 게 훨씬 낫다."는 말도 있다.

책을 읽을 때 유념해야 할 점은 읽지 않고도 그 내용을 충분히 파악할 수 있는 능력을 기르는 기술이다. 이 같은 기술을 습득하기 위해서는 먼저 사람들이 경쟁적으로 구입하는 책에 휩쓸리지 않는 눈을 길러야 한다. 이를테면 상당한 반향을 일으킨 연애소설, 증보에 증보를 거듭하는 정치 팸플릿, 종교 선전용 팸플릿, 시 등을 되도록 읽지 않아야 한다. 이런 출판물의 수명은 길어야 1년이다. 위대한 고전 작품만 선택해 읽는 습관을 반복적으로 연습해야 한다. 양서를 읽기 위한 조건은 악서를 읽지 않는 데 있다. 인생은 짧고, 시간과 체력에는 한계가 있다.

(쇼펜하우어)

증보에 증보를 거듭하는 정치 팸플릿, 종교 선전용 팸플릿은 되도록 읽지 말아야 할 것이 아니라 당연히 읽지 말아야 할 품목이지만, 시를 읽지 말아야 한다는 것엔 고개가 갸웃거려진다. 하기야 당시에도 시장 바닥 싸구려 음식 같은 시들이 홍수 뒤에 떠내려 오는 온갖 부유물처럼 넘쳐났을지도 모르니까.

지금 한국의 시인(동시인 시조시인 포함)이란 명함을 가진 이들이

어림잡아 8,000명 정도인 걸로 알고 있다. 길을 가다가 'ㅇ시인!' 하고 부르면 너도나도 뒤돌아본다는 자조적인 말도 있다. 흔하면 가치가 떨어지게 마련, 동업자들끼리 있을 때만 그렇게 호명했으면 한다.

독서의 진정한 가치는 읽고 생각하는 데 있다.
독서를 위한 독서는 생각하는 힘을 잃게 한다.
진정한 가치는 양이 아니라 질에 있다.
중요한 책일수록 두 번, 세 번 번복해서 읽는 습관이 필요하다.
　(쇼펜하우어)

04
동시는 내게 말했다

거듭 말하지만 시를 쓰려면 역사, 철학, 종교 등 여러 분야에 관해서 공부할 필요가 있다. 발목이라도 적셔야 한다. 동시 쓴다고 해서 동시집만 읽거나 시집만 읽으면 F학점이다. 폭넓은 독서가 필요하다. 일반인들보다 독서량이 적거나 독서 폭이 좁으면 부끄러운 일이다. 폭넓은 독서를 통해 창의력, 사고력, 통찰력을 향상해라. 땅바닥을 긁적이는 닭은 무엇이라도 얻지만 웅크리고 있는 닭은 아무것도 얻지 못한다. 독서를 열심히 하다 보면 무엇이라도 얻을 것이다. 허기진 자는 음식을 가리지 않는다. 허기를 면하게 되면 그때 가려 먹는다. 그러니 우선 읽어라. 그러고 나서 가려 읽어라.

책을 손에서 놓지 마라. 따스하기를 바란다면 옷 만들기를 게을리 해서는 안 되듯이, 시를 잘 쓰려면 공부를 게을리 하지 말아야 할 것이다. 독서를 등한히 하는 사람은 우물 속에서 별을 보려는 사람이다.

05

동시는 내게 말했다

　시는 물론 동시도 머리 혹은 가슴에 주는 감농이요, 충격이요, 재미요, 즐거움이란 걸 안다면 어떻게 써야 하는지를 알 것이다. 난 평범, 따분, 시시, 지루, 막연, 모호, 공허, 유치, 조잡, 타성, 추상적, 상투적, 피상적, 관습적, 기계적인 걸 싫어한다. 내 자식인 아이들도 그러리라 본다.

06
동시는 내게 말했다

시는 놀라움이다. 속된 것을 속되지 않게, 따분한 것을 따분하지 않게 하는 것이 놀라움이다. 잔소리 같지만 시는 평범한 것을 싫어한다. 평범한 소재라도 시각과 관점이 새로울 때 놀라움을 준다. 평범한 것에서 특이한 걸 발견하라. 이것이 평범 속의 비범이다. 동시라고 해서 다를 게 없다. '맹물에 조약돌 삶은 것' 같은 작품을 쓰려거든 소금이라도 좀 쳐라. 짭조름한 맛이라도 있어야 하지 않겠나.

시는 하나의 발견이며 경이감의 표현이다.

플라톤과 아리스토텔레스는 철학은 경이(thaumazein)에서 비롯된다고 했다.

궁금증과 호기심을 지닌 채 진실하게 보고 집요하게 관찰하면, 대상은 지금까지 봐왔던 것과 전혀 다르게 보이는 상태로 흔들린다. 이때 이전에는 느껴 본 적이 없던 생소함이 등장할 것이고. 그러면 깜짝 놀라게 된다. 이것을 경이라고 한다.

(『탁월한 사유의 시선』, 최진석)

생활 속에서 어떤 사건이나 사실, 혹은 사물에서 돌연 새로운 그 무엇을 발견하고, 깨닫고, 느끼는 순간이 있다. 즉 시적 경험을 했을

때 느끼는 경이를-그것이 기쁨이든, 슬픔이든, 그 무엇이든지 간에-
번개처럼 낚아챈 것이 시다.

동시도 마찬가지라고 본다. 다만 발견과 경이감을 아이들도 느낄
수 있게 단순 소박, 명징한 언어로 표현해야 한다는 것일 뿐이다.

07
동시는 내게 말했다

　아이들의 정서나 이해와는 거리가 있는 청소년시나 유사(類似) 성인시를 동시라고 하면 논란이 인다. 이런 시를 두고 '시가 된 동시'라고 주장한다면 얻을 건 '독자 잃음'뿐이다. 60~70년대에도 그런 현상이 있었다.

　아이 화자 동시에 대해서 말하겠다. 어떤 동시는 작자 이름만 아이 이름으로 바꾸면 어린이시에 해당할 시인데, 동시로 보았다면 판단에 혼란을 일으킨 것이다. 동시는 어린이시를 흉내 내서도 안 되고, 성인시 흉내 내서도 안 된다. 그렇게 되면 경계가 모호해져 정체성을 잃게 된다. 특히 주의해야 할 것은 어린이시와 동시의 관계인데 인접성 때문에 경계가 무너지기 쉽다. 그렇게 되면 아이 화자 동시는 어린이시보다 못한 시가 되거나, 아무리 잘 써도―사실은 잘 쓰기 어렵다―어린이시의 범주에 넣을 수밖에 없다. 이래서 동시 쓰기가 어려운 것이다.

　어떤 이는 '좋은 어린이시'를 보고 크게 감동하여 동시로 격상시켜 버리는 사고를 일으키는데, 아무리 좋은 어린이시라도 어린이시일 뿐 동시는 아니다. 동시로 격상시킨다고 해서 그 어린이시가 더 가치 있는 것은 아니다. 좋은 어린이시는 그 자체로 훌륭한 것이며 높게 평가해야 한다. 좋은 시는 그게 어린이시든 동시든 성인시든 가치에선 똑같다.

　이제 아이 화자 시는 어린이(어린이시)에게 맡기고 동시는 그에서 벗어나야 한다. 그래야 동시가 살아남는다. 그렇잖으면 존재할 가치도 이유도 없다. 결론은 동시는 고도를 잘 유지하여 성인시와 어린이시 사이를 잘 비행해야 한다는 것이다. 비행 고도를 너무 높여 태양(성인시) 가까이 가면 날개가 태양열에 타 버리고, 비행 고도를 너무 낮추어 해수면(어린이시) 가까이 가면 날개가 습기에 젖어 추락해 버린다. 이카로스가 왜 비행에 실패하여 추락사했는지 명심하라.

08

동시는 내게 말했다

> 아름답고 귀여운 것을 아름답게 귀엽게 쓰기는 쉽다. 언뜻 보기에
> 곱지 않은 것을 시로 쓰는 일이야말로 어렵고 또 가치가 있다.
> (이오덕 아동문학평론가)

소재는 주변에 무한정 널려 있다. 쓸거리가 없다고 투덜댄다면 동시는 이러해야 한다는 어떤 고정관념 때문이다. 고정관념에 사로잡혀 소재를 제한하거나 기피하면 동시의 세계는 확장되지 못하고 늘 거기서 거기일 뿐이다.

생활을 속사(俗事)라고 여기고 기피해서는 안 된다. 속사야말로 시가 있는 곳이다. 속사는 동시의 소재로는 부적당하다고 여기면 동시는 천편일률적인 자연 완상이거나 관념적이어야 할 것이다. 속사 동시(생활동시)에서 주의해야 할 것은 평면적이고, 개성이 엷고, 유형적인 것이다. 그래서는 맛이 없다. 특이한 것일수록 좋다. 따라서 고와야 하고 예뻐야 하고 순수해야 한다는 고정관념부터 과감하게 깨부숴야 한다.

역이나 터미널 가까이 있는 대중식당 메뉴판을 보면 메뉴가 엄청 많다. 된장찌개부터 설렁탕까지 열 가지도 넘는다. 이런 곳에 가면 바보다. 제대로 된 음식이 없고 맛도 없다. 천편일률적인 맛이다. 동

시는 그런 대중식당이 아니라 뷔페 식당 같아야 한다. 손님들이 입맛대로 골라 먹을 수 있도록 가짓수가 많으면 많을수록 좋다. 그러려면 다양한 제재(문학이나 예술 작품에서 주제를 효과적으로 표현하기 위해 선택되는 이야기의 재료)로 다양한 동시를 생산할 필요가 있다.

09
동시는 내게 말했다

　동시를 읽으면 마음이 예뻐진다는 말 따윈 제발 하지 마라. 진부하고 닭살 돋는 말이다. 작품 자체가 그런 것과는 거리가 멀어도 한참이나 멀어, 서울에서 부산까지의 거리만큼이나 되는데도, 그런 말 태연하게 하다니. 욕을 바가지로 먹는다.

　동시를 통해 어린이들에게 세계를, 자연을, 사물을, 삶을 새롭게 보여 주고 인식 시켜 주어야 한다. 이때 느끼는 놀라움, 유쾌함은 아이들은 물론 어른 독자들에게도 행복을 느끼게 해주는, 행복 호르몬 엔도르핀으로 작용한다. 그렇지 않은 작품은 추함과 불쾌감만 제공할 뿐이다. 입에 맞지 않는 음식을 먹을 때처럼 화나는 일은 없다.

10
동시는 내게 말했다

　무엇을 쓸 것인가도 중요하지만 어떻게 쓸 것인가가 더 중요하다.
　시인은 무엇을, 어떻게 보고, 어떤 식으로 표현할 것인가에 고민
하는 사람이다. 특히 동시에선 표현(전달 방식)이 중요하다. 비난을
감수할 배짱이 있다면 모호하게, 문맥도 안 통하게 아리송하게 써라.
그러고 싶지 않다면 명징, 명료하게 써라.
　지난 80년대에는 '무엇을 쓸 것인가'에만 경도되어 아이들에게
시 읽는 재미를 주지 못한 과실이 있다. 시대 탓이기도 했다.
　세상이 하루가 다르게 변하고 있다. 일신일신우일신(日新日新又日
新) 하라.
　21세기 통신 기구인 휴대폰은 애인처럼 끼고 다니면서 사고방식
은 공중전화 시대 같다면 그 사람이 바로 꼰대다. 날마다 세수하듯
이 정신도 자주 세수 시켜라.

11
동시는 내게 말했다

습작은 모방에서 시작한다. 하지만 모방작을 발표해서는 안 된다. 모방에서 벗어나 자기 작품을 썼을 때 발표해야 한다. 시를 쓰다 보면 남의 시상, 남의 표현 방식을 모방하기 쉬운데 주의해야 한다. 남의 시에서 영감을 받아서 쓰는 것과는 엄연히 다르다. 보물찾기 하듯이 열심히 잘 살피면 시는 스스로 모습을 드러낸다. 행운의 네잎 클로버처럼.

12
동시는 내게 말했다

    동시도 시이기는 하나 성인시와 달리 '특수성과 제약성'이 있다는 걸 알지 않느냐. 자기 작품을 검열할 때 특수성과 제약성을 염두에 두어라. 자기 작품에 대한 자기 검열이 엄하면 엄할수록 독자들이 좋아할 작품이 된다. 이 점을 명심하라.

    평자의 평이나 해설자의 해설에 희희낙락하지 마라. 일반 어른 독자들이나 아이들의 반응에 80% 마음을 써라. 네 시집을 일반 어른 독자나 어린이 독자들이 많이 찾기를 원한다면. 그렇잖으면 천편일률적이고도 개념적인 작품에 길들여진 이들의 입맛에 맞게 써라. 그러면 문학상이라도 줄지 누가 알겠나. 상 받으면 하루만 기뻐하라. 취해서 정신 못 차리겠으면 숙취 해소 음료라도 한 병 마시고 깨어나도록 하라. 문학상이 권위를 잃은 지 꽤 되었다. 시집 잘 팔리면 그게 문학상이다.

13
동시는 내게 말했다

동시의 요체는 직관이다. 성인시도 마찬가지지만. 직관으로 담백하게 못 쓰니 '곶감에 밀가루 처바르듯' 실감 없는 장식어로 분칠한다. 그런 동시가 심심찮게 눈에 띈다. 이걸 누구보고 읽으라고 하는지 기가 막힌다.

문제는 이런 동시를 비판해야 하는데 도리어 칭찬하는 이들이 있다. 그들은 자기가 작품 감식에 매우 뛰어난 줄 착각하고 있다. 이럴 때 '임금님 벌거벗었다'고 외칠 용기가 있어야 하지만 안목도 있어야 한다. 그런 이가 보이지 않으니 악화가 양화를 구축(驅逐)하는 건 당연하다.

"비평엔 시비를 거는 측면이 있다. 어느덧 시비는커녕 '주례사 비평'만 있다."(유종호 평론가) 진정 추켜세워 줄 가치가 있는 작품이라면 몰라도 그렇지 않으면 그런 비평은 추문(醜文)에 불과하다.

동료 창작자들로부터 또는 평론가들로부터 욕먹을 각오를 충분히 가진 사람만이 제대로 비평을 할 자격이 있다. 우리는 너무나 처세에 능한 시대에 살고 있다.

14

동시는 내게 말했다

동시 감식에 장애가 있는 이들이 계평이나 월평을 통해 지면을 어지럽히고 있다. 그런데도 그들에게 지면을 주는 편집자가 있다. 그 결과 그들이 쓴 평문(評文)을 보면 과연 누가 읽을까 하는 생각이 든다. 그런 현상을 지속하면 잡지마저 구독자들로부터 절교당한다.

잡지 발행자나 편집자가 되면 가까운 이들로 그룹을 형성하려 한다. 여기에 빌붙으려는 불나방들이 등장한다. 이런 현상을 볼 때는 동시를 쓰는 이들이 과연 동심(순수성)이 있는지 실망스럽다 못해 혐오감이 든다.

패거리를 만들어 끼리끼리 칭찬해 대는 짓 하지 마라. 내로남불은 정치판에만 있는 게 아니다. 문학판에도 있다. 그런 짓 하면 속물이다. 그런 자들과 동패가 되지 마라. "글쓰기는 축구나 정치처럼 떼를 지어서 하는 활동이 아니다."(안정효 소설가)

제2장

    스페인의 화가 프란시스코 고야(1746~1828)는 내가 좋아하는 화가 중 한 사람이다. 고야의 그림에 이런 그림이 있다. 그가 죽기 직전인 79세부터 81세(1824~1826년) 시기에 그린 것으로 추정되는 목탄화로 19.1×14.5㎝의 작은 소묘다.

    새하얀 머리칼에 새하얀 수염을 한, 초췌한 얼굴의 고야가 굽은 몸을 쌍지팡이에 의지한 채, 형형한 눈으로 앞을 바라보며 겨우 걸음을 내딛고 있는 자화상이다. 여든에 페르시아어를 새롭게 배우려 한 괴테처럼 '지금도 나는 배운'다고 한 그 자화상을 보면 참으로 감동적이다.(『야만의 시대를 그린 화가, 고야』, 박홍규)

15
동시는 내게 말했다

시인이나 작가로 살려면 평생 배워야 한다. 지식만이 아니라 정신과 자세도 배워야 한다. 자아도취 자기애(自己愛, 나르시시즘)에 빠져 현실을 모르는 이를 보면 반면교사로 삼아라. 이것도 큰 배움이다. 모 출판사 사장이 내게 "우리나라 학자들은 게을러요. 남의 책을 잘 읽지 않아요." 하기에 깜짝 놀란 일이 있다. 모두 그렇지는 않겠지만. 일본의 어느 학자는 책 한 권을 쓰기 위해 관련 책 40권을 읽었다고 한 것을 신문에서 보았다. 혜암 선사는 "공부하다가 죽으면 그게 이 세상에서 가장 수지맞는 일"이라고 하셨다.

저런 식으로 쓰니까 누가 호평하더라, 나도 그렇게 써야지 하는 것은 올바른 배움이 아니다. '거름 지고 장'에 가는 사람이다. '따라쟁이', '흉내쟁이'는 남의 장단에 춤추는 꼭두각시다. 옷을 산다면 유행에 따라야겠지. 작품은 그게 아니다. 개성(독창성)이다. 개성 있게 쓰면 '따라쟁이'들이 감히 따라붙지 못한다. '따라쟁이'들이 생기는 원인은 내용보다는 형식 때문이다. 그러니 소재나 발상, 표현이 너만의 것이어야 한다. '흉내쟁이'들을 지면에서 만나면 기분이 좋지 않으리라. 똑같은 디자인의 옷을 입은 사람을 만난 것처럼. 그런 불쾌함을 맛보지 않으려면 독창적인 너만의 말과 표현이 중요하다. 그러니 열심히 갈고 닦아라. 남이 아닌 자신이 되기 위해서라도.

"자신이 되기 위해 20년간 배워 온 나는, 이제 자신이 되지 않기 위해 다시 배우기 시작해야 한다는 것을 깨닫는다."(『현대영미시론』, W. H. 오든)

자신의 세계를 구축하기 위해 배워 왔다면 거기에 만족하지 않고, 새로운 자신이 되기 위해 다시 배워야 한다는 걸 반어적으로 말한 것이다. 조금 성과를 거두었다고 나태와 자만의 품에 안긴다면 큰일이 아니겠나.

16
동시는 내게 말했다

그 흔한 공모나 신인상에 당선하면 으쓱하는 마음에 서둘러 작품집을 내고 싶어 안달이었던 적은 없나?

미국의 여성 시인 에밀리 디킨슨(Emily Elizabeth Dickinson, 1830~1886)에 대한 영화를 본 적이 있다. 2,000편이 넘는 시를 썼지만, 생전에 발표한 시가 겨우 일곱 편이었다고 한다. 사후에 그의 여동생이 출판을 결심해 천재적인 시인의 한 사람으로 알려졌다. 생전에 그는 이렇게 말했다.

"책을 읽다가 온몸이 싸늘해져 어떤 불덩이로도 녹일 수 없게 될때, 그것이 바로 시다. 머리끝이 곤두서면 그것이 바로 시다. 나는 오직 그런 방법으로 시를 본다. 다른 방법이 있다면 한번 말해 보라."

자전적인 성장소설 『호밀밭의 파수꾼』을 쓴 제롬 데이비드 샐린저(Jerome David Salinger, 1919~2010)는 이 작품으로 명성을 얻었지만-노벨문학상 수상자인 윌리엄 포크너는 20세기 최고의 걸작이라고 극찬-문단 사교계에 나가지 않고 시골에 묻혀 많은 작품을 썼다. 하지만 대부분 출간을 거절하고 남기지 않았다. 이것도 영화를 보고 안 것이지만, 『호밀밭의 파수꾼』은 현재까지 600만 부나 팔렸다고 한다. 나는 몇 년 전 뒤늦게 이 소설을 읽고 10대와 20대가 왜 이 소설에 매료되는지 알게 되었다. 지금도 문제작으로 꼽히고 있다.

어떤 자리에서 지금은 고인이 된 소설가 송영(1940~2016) 씨가 내게 말했다.

"나는 소설을 쓸 때 낱말 하나하나를 망치로 못을 때려 박듯이 합니다."

오래 수련을 한 사람은 외나무다리도 탄탄대로를 걷듯이 한다. 무슨 일이든 하루아침에 이루어지는 법은 없다. 작품 발표나 시집 출판에 조급해 하기보다 수련에 힘써라.

"불행의 원인은 늘 나 자신에게 있다."(『팡세』, 파스칼)

"그대가 마주칠 수 있는 가장 고약한 적은 언제나 그대 자신이다."(『차라투스트라는 이렇게 말했다』, 니체)

17

동시는 내게 말했다

오늘은 시작(詩作)에서 중요한 관찰에 대해 말하겠다.

"호메로스는 어떻게 동시대의 다른 시인들보다 훨씬 구체적인 묘사를 표현할 수 있었을까? 그만큼 많이 관찰했기 때문이다. 우리가 이토록 추상적인 표현을 남발하는 까닭은 무엇일까? 우리가 그만큼 형편없는 예술가이기 때문이다."(『굿모닝 니체』, 니체)

"사물을 잘 관찰하는 것이 훌륭한 독서이고, 훌륭한 독서가 되어야 창조적인 글쓰기가 가능하다."(연암 박지원)

모름지기 글을 쓰는 이는 일반인과는 달라야 한다. 무엇이든 허투루 봐서는 안 된다. 관념을 사랑하는 이들은 관찰에 게으르다. 그래서 추상으로 개념으로 쓴다. 제대로 보지도 않고 쓰면 피상적이 된다. 사물이든 현상이든 자세히 살피고 난 뒤 '지배적인 인상'에 해당하는 것만 뽑아서 실감 나게 표현해야 한다. 그러려면 정확하게 묘사하는 것이 중요하다. 이게 여의치 않으니 개념, 피상, 상투적으로 쓰게 된다. 관찰을 강조한 시 한 편을 보자.

나무에서 잎을 따서
그 모양을 꼼꼼히 살펴보세요
가장자리 선이랑
안쪽의 금이랑 //

이걸 기억해 두세요, 잎이 가지에 어떻게 매달려 있나

(또 줄기에서 가지가 어떻게 뻗어 나왔나)

사월에 어떻게 움터 나오고

유월에 어떻게 멋진 차림을 하나 //

팔월이 다 가기 전에

손에 쥐고 구겨 보세요

그리곤 잎사귀의 여름 끝 슬픈 향기를 맡아 보세요 //

딱딱한 잎자루를 씹으면서 //

가을철 가르랑 소리를 들어 보세요 //

그 소리가 십일월 하늘에 산산이 흩어지는 걸 지켜보세요 //

그러곤 겨울이 되어

나뭇잎이 하나도 남아 있지 않을 때 //

나뭇잎 하나를 만들어 보세요 //

-이브 메리엄, '어떻게 하면 시인이 될 수 있죠?'라는 물음에 대한 답

(『국어시간에 세계시 읽기』 나라말, 2010)

시를 쓰기 위해서는 자세히 봐야 한다. 본다(視)는 것은 그냥 본다는 게 아니라 관심을 가지고 본다는 것을 말한다.

관찰은 단순한 보기(見)가 아니라 꿰뚫어 보기(觀)이다. 직관이야말로 꿰뚫어 보기이다. 하지만 관찰만 잘한다고 시를 잘 쓸 수 있는 건 아니다. 상상력이 있어야 한다. 상상력이란 '관찰한 것들을 조합하여 새로운 사물이나 세계를 그럴듯하게 그리는 능력'을 말한다.

밝은 달밤 / 감나무 / 새카만 그림자가 / 길에 가로누워 있다.
어쩐지 진짜 / 나무같이 생각되어 / 가랑이를 벌리고 지나갔다.
(「밤길」, 일본 아이치 5년, 이시가와 스미코)

뛰어난 관찰에 개성 있게 표현한 재밌는 작품이라 하겠다.

18

동시는 내게 말했다

시는 우리 주변 어디에나 널려 있다. 미처 발견하지 못할 따름이다. 발견하려면 역시 관찰이 중요하다. 시는 발견이지 발명이 아니다. 그리고 "진정한 발견은 새로운 풍경이 아니라 새로운 눈을 통해 이루어지는 것"이라고 마르셀 프루스트(Marcel Proust, 1871~1922)는 말했다. 새로운 눈은 관찰을 통해서만 이루어진다.

거듭 말하지만, 관찰이란 무엇인가를 자세히 들여다보는 눈이다. 그냥 보는 것이 아니라 깨어 있는 상태로 본다는 것이다. 평범한 것에서 특별한 것을 찾아내는 과정이다. 어떤 대상으로부터 가치 있는 것을 떠올리는 습관이기도 하다. 따라서 동시를 쓰는 시인은 "관습적인 눈으로 보이지 않는 것을 보는 발견의 눈"(최문자 시인)을 가져야 함은 물론이지만, 그것이 아이들에게도 이해와 공감을 주는 발견이어야 한다는 것이다.

'어떻게' '왜'라는 질문을 머금고 그냥 바라보라. 말 그대로 눈여겨보는 것이다. 시이불견(視而不見), 진정으로 깨어 있지 못하면 보고 있어도 보지 못한다.

겉모습만 보는 사람이 있는가 하면 그 핵심을 단번에 파악해 내는 사람이 있다. 그 차이가 관찰력이다. 관찰력은 단숨에 길러지지 않는다. 관찰력은 평소에 쌓아 온 지식과 훈련에 따라 결정된다.

관찰은 특수한 형식의 지각이다. 관찰은 목적성을 두고, 이성적인 동시에 감성적으로 한 대상을 지각하고 현실을 감지하는 능력이다.

많이 보고 깊이 봐야 새로운 것이 보인다.

관찰의 최종 목적은 새로움을 포착하고 발견하는 일이다. 남들과 다르게 보려면 애정으로 보는 것이다. 애정으로 동물이나 식물, 무생물 등을 자세히 보면 모든 것이 달라진다. 늘 보는 대상도 마치 전에는 한 번도 본 적이 없는 것처럼 보려고 해야 한다.(『생각의 돌파력』, 김시래)

> 글을 잘 쓰려면 눈은 과학자를 닮아라.(조지훈 시인)
> 관찰이야말로 새로운 것을 발견할 수 있는 가장 좋은 방법이다.
> (조태일 시인)
> 한 알의 모래알도 똑같지 않을 정도로 묘사하라.(플로베르)

그만큼 사물을 정확하게 관찰하라는 뜻이다.

19
동시는 내게 말했다

공상과 상상에 대해 말하겠다. 공상과학이란 말은 있어도 상상과학이란 말은 없다. 공상은 자기 멋대로 생각하는 것으로 상상력과는 엄연히 다르다.

가령 '내게 날개가 있다면' 식으로 시를 쓴다면 머리로 온갖 생각을 짜내어 쓰게 마련이다. 그게 공상으로 쓰는 것인데 서툴면 유치해지기 쉽다.

공상은 가정법(假定法)을 쓰게 마련인데, 시작(詩作)에서는 매우 낮은 단계의 발상법이라 하겠다. 아이들은 뜬구름 잡는 식으로 쓰지 않는다. 혹 그렇게 쓴 것도 있다. 하지만 아이들은 현실적이다.

거꾸로 나라

여기가 거꾸로 나라라면 재미있을 거야/
부자가 가난뱅이고/ 돈 한 푼 없는 사람이 엄청난 부자야/
도둑놈이 들어오면/ '손들어' 하지 않고/ '발 들어' 해서/ 엉덩방아를 찧겠지/
그리고 도둑놈이 돈을 줄 거야
(일본 초등 2년, 사토로)

2학년 아이다운 공상이다. 이 공상이 재밌는 것은 기발함과 풍자 때문이다. 어린아이라고 누구나 이런 공상을 할 수 있는 건 아니다.

20
동시는 내게 말했다

공상, 환상, 상상의 차이를 알아보자. 먼저 사전 풀이를 보자.

　*공상
　①이루어질 수 없는 헛된 생각.
　②외계(外界)에 상응(相應)하는 객관적(客觀的) 사실(事實)이 없
　　는 생각.
　*환상
　①현실(現實)에 없는 것을 있는 것 같이 느끼는 상념
　②종잡을 수 없이 일어나는 생각.
　*상상
　①미루어 생각함. 이미 아는 사실(事實)이나 관념(觀念)을 재료
　　(材料)로 하여 새 사실(事實)과 새 관념(觀念)을 만드는 작용
　　(作用).
　②어떤 사물(事物)의 사정(事情)이나 마음을 미루어 생각함.

　상상력(imagination)에 대해 좀 더 알아보자.
　라틴어의 imago(모방하다)에서 연유. 상상력이나 이미지 등의 어
원이었던 '모방'은 긍정적인 의미보다는 부정적인 의미가 강했다.

상상력 역시 사실이나 진실과는 다르거나 이성이나 인지와 상대되는 뜻을 지닌 것으로 여겼다. 그래서 상상력은 헛된 것, 공허한 것, 미친 것, 사악한 것, 해로운 것, 가짜의 것 등과 거의 동의어로 생각할 정도로 좋지 않은 뜻으로 쓰였다.

중세 이후부터는 예술이 모방의 기술이 아니라, 창조의 산물이라는 주장이 제기되면서, 상상력은 예술적 창조 과정에서 주로 이미지를 새로운 형태로 재구성하는 정신 작용이라는 평가를 받게 된다.

영국의 콜리지(Samuel Taylor Coleridge, 시인·문학평론가, 1772~1834)는 이성에 대립되는 정신 작용으로 상상력을 설정하고, 저급한 가치를 지닌다고 본 공상(fancy)과는 구별했다. 그리고 '상상력이란 직관 또는 초월적 인식 능력으로 종합하는 힘, 융합을 가능하게 하는 힘'이라고 했다.

따라서 시 창작에서 상상력이 중요한 것은 '감각적인 것과 동시에 어떤 통찰력'이다. 그러니까 상상력은 초월성과 직관성, 창조성이라는 속성을 지닌 인간의 정신 능력이라는 것이다. 또 어떤 이는 '우리가 이미 체험한 것을 기억하는 능력과 그 체험한 것을 어딘가 다른 상황에 적용하는 능력'이라고 했다.

북극권에 관한 시를 쓴 시인이 있었다. 그는 실제로 북극에 간 경험이 없었지만 춥고 배고픈 경험이 있었기 때문에 쓸 수 있었다는 것이다. 또 어떤 작가는 북극에 관한 글을 쓰기 위해 한겨울에 자기 집 마당에 텐트를 치고 지냈다고 한다. 따라서 동시를 쓸 때 공상, 환상만으로 쓰는 건 창작자의 자유지만, 궤도를 벗어나면 탈선한 열차처럼 비참한 꼴을 면하기는 어려울 것이다.

21

동시는 내게 말했다

"상상력이 지식보다 훨씬 중요하다. 지식에는 한계가 있기 때문이다."(아인슈타인)

과학도 그렇지만 예술 세계에서도 상상력이 매우 중요하다.

다음은 화가 들라크루아(Eugène Delacroix, 1798~1863)가 한 말인데 참고하면 도움이 되리라.

상상력에 따르는 화가들은 그들의 사전, 즉 자연 속에서 어떤 착상에 맞는 요소들을 찾아낸다. 그리고 나서 다시 이 요소들을 어떤 기술로 정돈하여 이 요소들에 전혀 새로운 모습을 준다.

상상력이 없는 화가들은 사전(자연)을 복사할 뿐이다. 바로 여기에 대단히 큰 악, 진부함이라는 악이 연유되는 것이다. 이러한 경향은 소위 생명이 없는 자연에 더욱더 가까운 이들, 풍경 화가들 중에서 보게 된다.

일반적으로 이들은 자신의 성격을 나타내 보이지 않는 것을 일종의 승리로 생각한다. 사전을 복사하기 위해 응시하고, 복사하는 데 열중한 나머지 이들은 '느끼고 사고'하는 일을 잊고 만다.

시작(詩作)에선 상상력에 앞서 대상을 관찰하는 것이 중요하다.

그런데 소홀히 하는 이들이 있다. 개념으로 시를 쓰는 이들이 그렇다. 그들은 지식으로 쓰려고 한다. 즉 발명하려고 한다. 그러다 보니 시상은 물론 표현도 마른 가지처럼 딱딱하여 미적 쾌감이나 경이(驚異)를 맛보기 어렵다. 그래서 읽기 싫다. 경이란 말 그대로 '놀랄 경이상할 이'로 익숙한 것이 낯설게 느껴지는 순간을 말한다.

22
동시는 내게 말했다

거듭 말하지만, 상상에 의한 의미의 확장조차도 그 기반은 '충실한 관찰'에 바탕을 두어야 한다는 걸 잊어서는 안 된다.

상상력을 신장시키는 방법은 없을까? 답은 간단하다. 시인이라면 오로지 시를 쓰는 일이다. 시를 자꾸 쓰다 보면 상상력이 생기고 상상력이 신장한다. 그 밖에 방법으론 평소에 자주 비유를 구사하는 습관을 기르는 것이다.

바른 상상력 키우기는 먼저 상상의 바탕인 자연, 사회, 인간에 대한 바른 인식, 즉 합리성과 과학성, 보편성이 보장된 정확한 현실 인식 위에 이루어져야 한다. 그래야 상상이나 허구의 세계에서도 현실 세계와 똑같은 합리성, 과학성, 보편성이 확보되어 이야기 줄거리나 내용이 합리적으로 쉽게 이해가 되고 감동도 하게 된다. 주로 동화 창작 시에 해당하는 말이지만 동시에서도 마찬가지라고 본다. 현실감 없는 내용을 공상만으로 쓰는 것을 상상의 동시라고 말한다면 그렇게 열심히 써라. 얼마 지나지 않아 매너리즘의 늪에 빠져 허우적거려야 할 것이다.

23
동시는 내게 말했다

시는 이미지의 문학이기도 하다.

재생적 상상은 과거의 기억을 생각해 내는 상상이고 창조적 상상은 과거와는 상관이 없는 것을 새롭게 그려 내는 상상이다.

재생적 상상에 창조적 상상을 가미하면 좋은 작품이 되겠지.

참고로 심리학에서는 어떻게 말하는지 보자.

"공상 혹은 상상은 한 번 느껴진 원본을 복제해 내는 능력에 붙여진 이름이다. 그 복제가 그야말로 원형을 복사하는 것일 때, 그 상상은 '재생적'이라 불린다. 이와 달리 다양한 원형들에서 끄집어 낸 요소들을 다시 결합시켜 전혀 새로운 완성품들을 만들어 낼 때, 그 상상은 '창조적'이라 여긴다."(『심리학의 원리』, 윌리엄 제임스)

시인들이라면 시 창작에서 가장 중요하게 여겨야 할 요소를 '상상력'이라 할 것이고, 다음으로 '퇴고'를 꼽을 것이다.

시에 '아이들이 보이지 않는다'는 비판이 있다. 이 점에 대해 생각해 보자.

동시도 시니까 작품에 아이들(사람들)이 보여야 하고, 아이들(사람들)의 삶이 보여야 하는 건 당연하다. 틀린 주장이 아니다. 하지만 실제 작품에서는 많은 문제점을 드러내고 있다.

이렇게 해석해 보는 건 어떨까?

제아무리 '아이들의 삶, 정서, 생각'을 썼다 해도 현실 속의 아이들과는 거리감이 있거나, 아이들이 흥미를 느끼기에 미흡하다면 힘을 잃게 된다.

아이 화자로 쓴 생활동시들이 거의 여기에 해당한다. 대체로 내용이 학교나 가정, 또는 일상생활의 소소한 이야기들이어서 재미나 감동을 맛보기 어렵다. 그 결과 어린이가 쓴 시에 견주면 작품성도 떨어지고 읽는 재미도 없다. 생활동시에서 생활 감동(사건)이 없으면 팥소 없는 찐빵이다. 이것은 소재에서 비롯한다. 진부하거나 평범한 소재에서 어찌 재미있는 시가 나오겠나. 일류 요리사는 재료에 민감하다.

고추는 엉엉 울고/ 사과는 떼굴떼굴 멍이 들고/ 대추는 후두둑 떨어지고//

태풍이 신나게 놀면 놀수록/ 아빠 마음은 찢어진다.
　　(「태풍」, 경북 남회룡분교 2학년, 김성일)

"태풍이 신나게 놀면 놀수록/ 아빠 마음은 찢어진다." 이런 표현은 몸과 마음으로 느끼지 않고는 나올 수 없는 표현이다. 태풍이 신나게 논다니! 배우지도 않은 의인법으로 태풍에 대한 고정관념을 단박에 깨뜨려 버렸다. 훌륭하다!

아이 화자의 탈만 쓰면 동시가 된다고 여기면 큰 착각이다. 그건 어린이시를 흉내 내는 것으로 오리지널 어린이시와 비교하면 턱도 없다. 짝퉁은 짝퉁일 뿐, 짝퉁에 현혹되는 일이 없어야 할 것이다.

제3장

언제나 취해 있어야 한다. 모든 것이 거기에 있다. 그것이 유일한 문제다. 그대의 어깨를 짓누르고, 땅을 향해 그대 몸을 구부러뜨리는 저 시간의 무서운 짐을 느끼지 않으려면, 쉴 새 없이 취해야 한다.

그러나 무엇에? 술에, 시에 혹은 미덕에, 무엇에나 그대 좋을 대로. 아무튼 취하라.

그리하여 때때로, 궁전의 섬돌 위에서, 도랑의 푸른 풀 위에서, 그대의 방 침울한 고독 속에서, 그대 깨어 일어나, 취기가 벌써 줄어들거나 사라지거든, 물어보라. 바람에, 물결에, 별에, 새에, 시계에, 달아나는 모든 것에, 울부짖는 모든 것에 흘러가는 모든 것에, 노래하는 모든 것에, 말하는 모든 것에, 물어보라, 지금이 몇 시인지. 그러면 바람이, 물결이, 별이, 새가, 시계가, 그대에게 대답하리라. "지금은 취할 시간! 시간의 학대받는 노예가 되지 않으려면, 취하라, 끊임없이 취하라! 술에, 시에 혹은 미덕에, 그대 좋을 대로."(「취하라」, 『파리의 우울』, 샤를 보들레르)

25
동시는 내게 말했다

　현대시의 비조(鼻祖)로 일컫는 보들레르(Charles Baudelaire, 1821~1867)의 시처럼 넌 무엇에 취했느냐? 넌 내가 초대한 것이 아니다. 네가 나를 좋아해서 스스로 찾아온 것이다. 그래, 내게 얼마나 취했느냐? 독주에 취한 듯 취했느냐? 취한 척 포즈만 취했느냐? 아니면 동패끼리만 취했느냐? "혼자만 잘 살믄 무슨 재민겨"라고 일갈한 분이 계셨다. 취하더라도 혼자만 취하지 말고 어린 독자들도 취하게 하라. 너희는 너희끼리 오랫동안 취해 왔다. "스스로 작가라고 하는 이들로 둘러싸인 작가만큼 불행한 작가는 없고, 독자들로 둘러싸인 작가만큼 행복한 작가는 없다"고 했다. 소비자는 안 보이고 생산자만 보인다. "동시의 위축은 어린이가 동시를 외면했다기보다 동시가 어린이를 외면한 데에서 비롯된 문제라고 말하지 않을 수 없다."(원종찬 아동문학평론가)

26
동시는 내게 말했다

"어른이 어린애인 척하고 쓴 것이 아닌, 어린이의 눈과 마음으로 세계를 보고 쓴 것이 어린이에게 이해되고 받아들여지는 것이 가장 바람직하다."(이오덕 아동문학평론가)

어린애인 척하고 쓰다 보니 자연히 아이 화자에 1인칭 주인공 시점이 될 수밖에 없다. 이 점을 깨닫지 못하고 있다. 시점에 대해 무지했거나 무신경했기 때문이다. 그런 작품은 지은이의 이름을 아이 이름으로 바꾸는 즉시 어린이가 쓴 것으로 돼 버린다. 늘 의문을 가져라. 의문을 크게 가지면 크게 진보하고, 작게 가지면 작게 진보한다고 했다. 코페르니쿠스적 사고의 전환이 중요하다. 동시에 대한 고정관념부터 깨부수어라. 동시의 변신, 반란은 무죄다. 하지만 독자들을 위한 변신, 반란이어야 한다는 걸 잊지 마라.

27
동시는 내게 말했다

은유를 자제하라. 동시에 직유보다 은유를 구사하는 게 첨단인 줄 알지만 그건 착각이다. 동시에선 직유만 해도 충분하다. 제일 좋은 것은 비유를 안 쓰는 것이다. 명작 동시들을 보면 비유가 없다. 비유는 비유일 뿐 시상을 밀고 나가는 힘이 될 수는 없다. 그렇다고 현대 시에서 중요하게 여기는 비유를 무시하라는 건 아니다. "비유는 세계를 더욱 더 생생하게 인식하는 한 방법"(랭보)이기도 하다. 하지만 발에 딱 맞는 신발, 몸에 딱 맞는 옷처럼 구사하지 않으면 외려 어색함만 드러낼 뿐이다. 그렇지 않을 때는 그 비유가 보조개 구실을 하리라. 공헌하지 못하는 비유는 독해(讀解)에 방해만 될 뿐이다. 그리고 "비유가 너무 당돌하거나 작위적이면 공감을 얻기 어렵다."(김춘수 시인)는 말도 염두에 둘 필요가 있다.

28
동시는 내게 말했다

　동시가 요설에 빠지면 지루하고 산만해진다. 또 참신함을 바라고 비약이 도를 넘으면 부자연스러움은 물론 괴이해진다. 이런 시는 문장도 명료치 못해 공감은커녕 전달이 안 된다. 아이들은 거들떠보지도 않는다. 일부 평론가나 동시인들이 이게 새로운 동시인 양 칭찬하고 당선시키고 있다. 그들이 참신에만 경도되어 그랬다면 큰 실수다. 그건 동시문학의 확장이나 발흥을 위한 것이 아니라, 그나마 남아 있는 관객(어린 독자)을 쫓아버리는 짓이다.

　동시에는 딱 두 종류만 있다. '읽는 즐거움을 주는' 동시와 '지루, 맹물, 모호한' 동시. 이 밖에 또 어떤 동시가 있느냐? 난 알지 못한다. 동시가 아이들에게 읽는 기쁨을 주지 못하면 버림받는다. 껴안고 뽀뽀하고, 똥 치워 주고, 항문 닦아 주고, 목욕시켜 주던 반려견도 싫어지면 서슴없이 내다 버리는 세상이다.

　괴테(Johann Wolfgang von Goethe, 1749~1832)는 "위대한 작품은 우리를 가르치지 않고 우리를 변화시킬 뿐"이라고 했다. 좋은 동시는 아이들에게 즐거운 경험을 하게 해 주고, 세계를 경이롭게 보게 하는 데에 도움을 준다.

29
동시는 내게 말했다

패스티시(pastiche, 혼성 모방)는 이런저런 텍스트를 짜깁기한 것이다. 아니면 복제한 것으로 사실은 표절에 가깝다. 창작자에겐 꽃뱀 같은 것이다. 유혹에 빠지지 않도록 하라. 동시 쓰기도 글쓰기이기에 습작 시엔 모방도 수련의 한 방법으로 필요하긴 하다. 하지만 "진정한 모방은 본보기로 삼은 작가를 덮어놓고 따라 하는 것이 아니라-맹목적인 모방이나 베끼기, 표절이 아니라-본보기로 삼은 작가보다 나아지고, 마침내 그를 뛰어넘기 위한 노력이어야 하며, 그를 추월하기 위한 수단이어야 한다는 것이다."(『거장처럼 써라』, 윌리엄 케인)

일류 작가는 훔치고(창조적으로 모방하고) 삼류 작가는 베끼거나 짜깁기, 아니면 흉내 낸다. 흉내쟁이가 되지 마라.

30
동시는 내게 말했다

철학은 '경이(驚異)로부터 시작'된다는 말이 있다. 과학도 마찬가지다. 철학 대신 '시'로 대체해도 좋으리라. '시는 경이로부터 시작'된다. 어떠냐? 시인은 어린아이처럼 놀라는 감각을 가지고 있어야 한다. 어린아이의 눈에는 모든 것이 경이롭기 때문이다. 나이를 먹으면 감각이 무뎌져 무덤덤해진다. 놀라움을 잃어버린다는 것은 시인에겐 치명적이다. 더구나 동시를 쓰려는 이들에겐. 어린아이와 같은 마음, 눈, 감각을 유지하기가 고공 낙하만큼이나 어렵다. 그렇다고 추상(관념)을 상전으로 모실 수는 없다. 추상이 똬리를 틀고 앉는 순간 '참신'이나 '구체'는 결별을 고한다. 그러니 '놀라움'을 네 연인으로 삼아라. 시 한 편 쓰기가 그만큼 어렵다.

"가성비가 가격 대비 품질을 일컫는 말이라면 시만큼 가성비가 떨어지는 것도 없다. 들이는 품과 시간에 비해 좋은 시 한 편을 길어 올리는 일만큼 어려운 일이 없다. 그래서 웬만큼 시간을 지속적으로 들이지 않고서는, 일상의 소소한 즐거움을 기꺼이 시에 양도하지 않고서는, 시인으로 남아 계속 시를 쓰기가 난망한 법이다. 어쩌면 시집을 낸 사람이 시인이 아니라 지금도 한 편의 시를 쓰기 위해 전전긍긍 마음을 놓지 않는 이가 시인일 터이다."(『잠 못 드는 밤 백석의 시를 생각하며』, 김상욱)

31
동시는 내게 말했다

　동시를 쓰려면 자연이나 사물을 아이들도 공감하게 번역을 잘해야 한다. 쉽게, 재밌게 번역해야 하는데 '괴이하게' '따분하게' '난해하게' 하는 이들이 있다. 그런 이들은 곳곳에 있다. 그들을 만나서 뭘 어쩌겠다는 건가. 코로나19 방역 수칙처럼 그들과 최소한 2미터 이상 거리를 유지하는 게 좋다. 사람에 대한 거리가 아닌 문학적(작품) 거리. 쪼르르 달려가 꼬리 살랑대며 주인에게 안기려는 강아지가 아니라, 창턱에 웅크리고 앉아 깊은 생각에 잠긴 듯한 고양이를 닮아라. 다르게 보고 다르게 생각하려는 자는 그와 같다.

　여기서 잠시 공감에 대해 알아보자.

　"공감이란 다른 사람의 의견이나 생각 또는 느낌에 대하여 자기도 동일하게 느끼는 것을 말한다. 내가 경험한 것이기에 쉽게 공감할 수 있는가 하면, 아직 경험하지 않은 것에 대해서도 그것을 마음에 그려 본다거나 상상함으로써 공감에 이를 수 있다는 것이다."(『시와 함께 배우는 시론』, 윤여탁 외)

　공감이란 사물과 사건, 상황에 대해 서로 같은 인식을 하는 것을 의미한다고 보면 된다.

32

동시는 내게 말했다

　시인은 대상을 창조한다. 동시를 쓰는 이들은 '어린이와 같은 눈'으로 대상을 창조하는 사람이다. 과연 그런가? 늘 의문을 가져야 한다. 의문을 품을 줄 모르면 머리가 벽돌처럼 굳어져 벽창호가 된다. 그런 사람은 사이비 종교의 맹신자와 같다. 문제가 있어도 이성이 마비되어 느끼지 못한다. 그가 지닌 건 빛바랜 자존심뿐이다.

　창조하려는 자는 파괴한다. 파괴를 위한 파괴가 아니라 새로운 가치 창조를 위한 파괴. 금도금한 메달 같은 상이 탐난다면 비가 새는 고택에서 양반다리 하고 앉아 헛기침해 대는 작품과 결혼하라. 번쩍인다고 다 금이 아니다. 껍데기에 혹하지 마라. 진정으로 고귀한 것은 순정(純正)한 정신이다.

33

동시는 내게 말했다

보들레르는 시인이 되려면 '사물 자체와 침묵의 접촉'을 해야 한다고 했다.

생물학자요 환경주의자인 레이첼 카슨(Rachel Carson, 1907~1964)은 그의 에세이 『센스 오브 원더 Sense of Wonder』에서 '아는 것'은 '느끼는 것'에 비해 절반도 중요치 않다고 했다. 시인은 오감으로 느끼는 자다. '느낀 것'을 쓰게 되면 끙끙거릴 필요가 없다. 시인은 사물을 논리적으로 이해하는 사람이 아니라 직관으로 '보고' '느끼는' 사람이다. 머리로 짜내는 것을 상상력으로 착각하는 이가 있다. 진정한 독창성은 새로운 '방법'이 아니라 새로운 '시각'에서 나온다고 했다. 새로운 방법이 아니라 새로운 시각! 여기에 방점을 찍어라. 참신한 작품을 쓰고 싶다면 새로운 시각으로 보고 깊이 느끼도록 하라.

독창적이란 무엇인가에 대해 다시 한 번 알아보자.

프리드리히 니체는 이렇게 말했다.

"그것은 새로운 것을 처음 보는 것이 아니라 오래된 것, 예전부터 잘 알려진 것, 누군가의 눈에 띄기는 했지만 간과되었던 것을 새로운 것으로 받아들이는 행위로 진실로 독창적인 두뇌를 소유하고 있다는 증거이다."

34

동시는 내게 말했다

시는 직감적인 것의 표현이다. 표면의 현상이나 사실을 조사하고 설명을 거쳐서 본질을 이해하는 것이 아니다. 직감은 사물이나 상황과 마주했을 때 그 실체나 진상에 대하여 그 자리에서 순간적으로 느끼어 아는 것, 또는 그런 감각이다.

시를 쓰려면 직관력이 중요하다. 직관력은 날카로운 침투력으로 단박에 사물의 본질이나 핵심에 도달, 꿰뚫어 붙잡아 내는 힘이다. 단번에 깊은 물에 뛰어들어 그 심연의 바닥에 다다르는 것과 같다. 개념, 판단, 논리, 추리, 분석 등의 사고나 설명, 증명 등을 거치지 않고, 직접 사물을 느껴 아는 작용을 말한다. 직관은 논리적이고 개념적이 아니면서 인간의 사물 인식에서 무서운 통찰력과 직감력을 발휘하게 한다. 직관은 어디서 나오나? 예민한 감각과 감수성에서 나온다. 직관이 있어야 시적 발견을 하게 된다. 상상력도 직관에 의한 상상력이어야 힘을 얻는다. 시를 직관에 의한 '발견'이 아니라 '발명'으로 여기는 이들이 있다. 발명한 시는 대체로 지루하고 따분하다. 아무도 거들떠보지 않는다. 산업에서 새로운 발명은 대박이지만 시에선 쪽박이다. 쪽박 차고 싶으면 그렇게 하라.

사물이나 현상에 대해 오감보다 생각(관념)이 먼저 달려간다면 이게 상투성이다. 직관은 시적 대상에 대해 오감으로 느끼는 것이며 직관력은 그런 능력이다. 동시에서는 직관력이 매우 중요하다. 시적 대상에 대해 강렬히 감동했을 때 직관은 전율을 일으킬 정도로 충격을 준다. 그 충격을 잡아채어 쓴 시는 당연히 개성적이고 독창적일 수밖에 없다. 아이들은 대상에 대해 직관적이다. 좋은 어린이시는 거의 그렇다. 거듭 말하면 동시에선 감각으로 대상을 파악하려는 태도가 매우 중요하다. 시인은 감각을 늘 유지하려고 애써야 한다. 따라서 육감이나 영감까지도 동원한 '온몸 온정신'으로 느껴 붙잡으려는 자세가 필요하다. 부디 직관과 직감으로 사물이나 상황을 파악하길 바란다. 그러면 시가 파릇파릇하리라.

35

동시는 내게 말했다

    시는 감동(感動)이라고 했다. 좋은 글이나 그림, 또는 좋은 영화를 보거나 노래를 들으면 감동이 온다. 이때 말하는 감동이란 무엇인가? 느낄 감, 움직일 동, 말 그대로 느끼어 마음이 움직였다는 뜻이다. 우리가 일상생활 속에서 경험하는 감동, 즉 마음의 움직임은 어떤 형태로 드러나나? '그러네! 그래 맞아! 재밌네! 하하, 껄껄' 등 감탄사나 웃음으로 나타난다. 아니면 고개 '끄덕임'으로 나타난다. 어떤 작품을 읽고 마음속으로 이런 표현, 이런 움직임이 있었다면 그 작품은 감동을 준 작품이다. 반대로 마음의 움직임은커녕 눈살 찌푸림만 있었다면 그 작품은 지루한 작품이다. 감동도 강약이 있어서 감동이 크면 클수록 독자는 그 작품을 오래 기억하게 된다.

    창작자는 자기 작품에 자기가 먼저 감격에 젖어서는 안 된다. 자신이 먼저 웃는 찰리 채플린을 본 적이 있나? 우습다고 자신이 먼저 히히거리면 그는 코미디언이 아니다. 명심할 것은 '자신이 감동한 소재'로 쓰라는 것이지 '자기 작품에 자기가 감격'하라는 것이 아니다. 자신이 먼저 감격한다면, 관객보다 자신이 먼저 울거나 웃는 꼴이니 그는 무대에서 내려와야 한다. 창작자가 자기 작품에 감동했다면 그건 소재에 대한 감동이지, 자기 작품에 대한 감동이 아니다. 감동한 것, 즉 어떤 사건, 사물, 장면을 보고 감동해서 감명 깊게 그려

낼 때 감동 있는 작품이 되어, 자기도 감동하고 타인도 감동하는 작품이 되는 것이다. 자기 작품에 자기가 감격해서 그걸 감동으로 착각하는 일이 없도록 하라. 습작생들은 쉽게 감격하지.

그렇다면 감동은 어디에서 오나? 공감에서 온다. 시의 내용과 표현 속에 담겨 있는 어떤 요소들이 우리의 상상력을 자극하고 우리 자신의 체험과 합쳐지면서 마음에 '울림'을 주는 게 공감이다. 그러니 먼저 공감할 수 있게 써라. 공감을 주려면 내용은 물론 표현이 명료하고 현실감이 있어야 한다.

다음은 괴테의 『파우스트』 12,111행 가운데 550행이다.

"감동이 있는 작품을 쓰려면 굳이 말을 꾸미려 할 필요가 없지. 이성이 있고 올바른 생각만 있다면 기교를 부리지 않아도 연설은 저절로 나오는 법일세. 자네들이 말하고자 하는 것이 진지하다면, 말마디를 꾸미려고 애쓸 필요가 있겠는가?"

36

동시는 내게 말했다

동시를 읽을 때 앞서 말한 대로 마음의 움직임이 나타났나? 아니면 고개 끄덕임이라도 나타났나? 동시에서 말하는 감동과 성인시에서 말하는 감동, 독자들이 말하는 감동과 창작자나 평론가가 말하는 감동은 같은가? 다르다면 어떻게 다른가? 국과수의 부검의처럼 면밀히 해부해 볼 필요가 있다.

제재가 무엇이든 읽는 즐거움을 주는 동시, 놀라움을 주는 동시, 실감을 느끼게 해 주는 동시. 이게 재미있는 동시면서 감동을 주는 동시다. 아이들에게 동시를 줘 보면 안다. 이런 동시를 보면 아이들은 동시는 재미없는 거라는 인식에서 벗어나 '동시는 재밌는' 걸로 새롭게 인식한다. 경험을 통해서 안다.

동시를 창작하는 이들은 어린이 독자에게 복종하려 해야 한다. 복종하기 싫으면 성인시로 가면 된다. 하기야 그 동네도 이젠 한촌(閑村)이어서 지내기 힘들겠지만. 어린이는 동시 창작에서 시적 대상이기도 하면서 중요한 독자이기도 하다. 어설픈 문학주의자들에게 영합하기 위한, 또는 자신의 그 알량한 문학적 성취라는 것에 목적을 두려면 그렇게 하라.

태어나자마자 사라지는 동시집의 숫자는 얼마이며 동시집의 평균 수명은 얼마인지 생각해 본 적 있나? 네 동시집 수명이 10년에

판매 부수가 1만 부라면 만족해도 되리라. 동시 동네는 소극장 같은
곳이어서 관객 수도 빤하니까.

37
동시는 내게 말했다

동시는 주 독자가 어린이기 때문에 시에 '현실감'이 있어야 한다. 어색한 비유, 지나친 비약도 그렇지만 따분해도 그렇다. 따분하다는 것은 지루하다는 뜻이다. 나도 그렇다. 내게는 '지루'라는 글자조차도 지루하게 느껴진다. 등단하자마자 겸손을 잃어 지루해진 신인, 지루해진 잡지, 지루한 내용, 지루한 말투, 지루한 상투적 표현, 지루한 문장, 늙어서 지루해진 내 얼굴… 지루하지 않은 것은 내 손자 같은 아이들뿐이다. 요즘 동시들은 커피숍에서 아메리카노만 홀짝거려선지 생화가 아니라 조화 같다. 지루의 자식은 '지겹다'이다. 새싹처럼 싱싱한 동시를 왜 못 쓰나? 이젠 너도 '지겹다'와 동침한 것이냐?

　시간이여 매 순간, 세상의 수많은 사물들을 보지 못하고 지나친 데
　대해 뉘우치노라.
　지나간 옛사랑이여, 새로운 사랑을 첫사랑으로 착각한 점 뉘우치
　노라.
　먼 나라에서 일어난 전쟁이여, 태연하게 집으로 꽃을 사 들고 가는
　나를 용서하라.
　(「작은 별 아래서」 부분, 비스와바 쉼보르스카)

시인이라면 자주 자기 성찰을 할 필요가 있다.

38
동시는 내게 말했다

　시를 쓰는 일도 자기 존재를 드러내기 위한 한 방편으로 구실을 하긴 한다.(기능을 하긴 한다고 했으나 멋을 부리는 것 같아서 고쳤다) 그래서인지 중년 여성들이 동시를 쓰겠다고 나서는데 어쨌든 반가운 일이다. 그들은 새로운 생산자이면서 새로운 소비자로 등장했기에. 자본주의 사회에서 소비자가 느는 건 쌍수를 들어 환영할 일이지. 소비가 미덕인 시대니까. 그런데 시집은 왜 소비가 안 되나?

　주부들이 끼리끼리 모여 식당이나 커피숍에서 잡담으로 고귀한 시간을 살해하는 것보다는 동시 쓰는 게 낫지. 그런데 커피 값은 서로 내겠다고 하면서 만 원짜리 동시집 사는 건 아까워한다면 어떻게 해석해야 하나? 가성비가 떨어지더라도 수련 차원에서 동시집에 투자할 생각은 없는지. 공중 살포하듯 마구잡이로 뿌려대는 자비 출판한 질 낮은 공짜 동시집만 본다면, 유행가 가사처럼 "네가 나를 모르는데 난들 너를 알겠느냐" 하면 나중에 어떡하려고 그러느냐. 하기야 이 가사의 진정한 의미를 오독해서 "우리가 남이가" 하며 서로 치켜세우는 일에 일심동체인 '동시인당(童詩人黨)'도 있지. 이들이 티를 내면 낼수록 권외(圈外) 사람들의 반감도 그만큼 크리라. 이런 폐단이 누적되면 그게 적폐이고 결국 몰락(안 봐도 되는 잡지)하고 만다. 이걸 깨닫지 못하니 애석한 일이다.

39
동시는 내게 말했다

"습관이란 인간으로 하여금 어떤 일이라도 하게 만든다."(도스토옙스키)

직업 시인과 그렇지 않은 시인을 구별하는 기준에는 여러 가지가 있다. 그중에서 가장 중요한 것은 습관적으로 시를 쓰느냐 아니냐에 있다. "습관적 시 쓰기는 시적 감동을 잡을 수 있는 능력을 길러 주며, 시적 감동을 눈앞에 보이는 것처럼 섬세하게 표현케 하며, 나아가 상상력을 확장시키는 데 도움을 준다." 이는 내가 하는 말이 아니다. 나는 유식하지 않다. 어떤 책에서 보고 메모해 둔 것이다.

"인간은 습관의 노예다. 좋은 습관을 만들어 스스로 그 노예가 돼라.(『내일이 바뀌는 새로운 습관-잠자기 전 30분』, 다카시마 데쓰지)

제4장

작가는 '작품으로 말'하는 이다. 창작자에겐 작품이 몸이라면 그
밖의 것들-문학상, 박사, 학벌 등-은 그림자일 뿐이다. 그리고 작품
보다 말(이론)이 앞서면 허공에다 그림을 그리는 격이다. "너나 잘하
세요." 냉소적인 이 말보다 더 서늘한 말은 없다. 이 글을 쓰는 동안
내내 이 말을 염두에 두었다. "너나 잘하세요." 참으로 정이 넘치는
가시 돋친 말이다.

거지는 거지를 시기하고, 시인은 시인을 시기한다는 말이 있다.
문인들은 서로 경멸한다는 문인상경(文人相輕)이란 말도 있다. 나는
좀 다른 경우로 경멸한다. 작품은 별로인데 자신은 작품 잘 쓰는 걸
로 착각하고, 나귀 탄 조선 양반처럼 꺼덕거리는 듯한 느낌을 받을
때이다. 아니면 속물 냄새를 싸구려 향수처럼 풍길 때이다. 이는 겸
손과 직결된다. 겸손하면 눈총 받을 일 없고 언젠가는 좋은 작품 쓰
게 된다. 나는 겸손과는 아득한 거리에 있는 사람이라 겸손한 이를
보면 진심으로 격려해 주고 싶고 칭찬해 주고 싶다. 벼는 익을수록
고개를 숙인다.

40

동시는 내게 말했다

　음악을 하려면 음감이 뛰어나야 하고, 화가가 되려면 색채 감각이 뛰어나야 한다. 시를 쓰려면 언어 감각이 중요하다. 시인은 말을 다루는 사람이기 때문이다. 말을 사랑해야 하고 말을 예민한 전자기기처럼 다루어야 한다.

　동시에도 적용된다. 언어에 둔감하면…. 줄임표를 쓴 건 말하기가 좀 거북해서이다. 그러니 사전을 무기로 삼아라. 무기 없이 맨손으로 적과 맞서려는 어리석은 병사는 없다. 시어가 정확, 적확하게 놓이면 시가 빛난다. 시어 하나에 명작이 되고 졸작이 된다. 시선(詩仙)이나 시성(詩聖)의 반열에 오른 시인들은 시어 하나를 위해 고심한다. 퇴고(推敲, 추고)란 말의 유래를 생각해 보면 될 것이다.

41

동시는 내게 말했다

퇴고에 대해서 말하겠다.

"두 번 읽을 가치가 있는 것을 쓰기 위해서는 몇 번이고 붓을 대라."(호라티우스)

"한 장(章)을 고치는 것은 한 편을 새로 짓는 것보다 어렵고, 한 자(字)를 바꾸는 것은 한 구(句)를 대체하는 것보다 어렵다."(『문심조룡』, 유협)

또 어느 글쓰기 전문가는 이렇게 말했다.

"진지하게 문학을 하는 작가일수록 고쳐 쓰기의 횟수와 기간은 자꾸 늘어나기만 한다. 소설에서 고쳐 쓰기는 부분 수정이 아니라 처음부터 끝까지 다시 쓰기를 여러 차례 하는 것이다."

1976년 노벨문학상 수상자인 솔 벨로(Saul Bellow, 1915~2005)는 하루에 다섯 시간에서 여섯 시간씩 꼬박꼬박 글쓰기를 했으며, 열 번 고쳐 쓰기는 드문 일이 아니라고 밝혔다. 때로는 퇴고가 다 지어 놓은 집의 골격은 그대로 두고 창문이나 벽 따위를 바꾸는 게 아니고, 집 전체를 허물어 버리고 다시 짓는 것이라고 했다.

고치기를 해야 할 부분이 자꾸 눈에 띄면 자신의 능력에 대해 회의감이 들고 위축되기 쉽다. 중국의 대문호 구양수도 글을 쓸 때 파지가 한 삼태기나 되었다는 것을 알면 위축될 필요가 없다. 우리는 구양수도 아니고 솔 벨로도 아니니 한 삼태기가 아니라 열 삼태기 파지를 내도 부끄러울 것 없다. 수십 번 고쳐 쓰기를 한다 해도 수치 스러울 게 없다. 이 어설픈 글도 4회분을 쓰는 동안 수정하고 보완 하느라 한 회분에 평균 스무 번 읽고 고치기를 했다. 원고 매수 제한 때문이기도 했지만, 내 부족한 글재주 탓이다. 무슨 글이든 다듬어야 한다. 다듬는다는 건 말하고자 하는 내용, 문장, 표현을 이해하기 쉽 게 한다는 것이지 미사여구의 장식을 뜻하는 게 아니다.

시에서 시상을 고칠 생각은 안 하고 허황한 표현, 장식어로 분칠 하는 것을 퇴고로 여기는 듯한 것을 본다. 화장도 적당히 해야지 지 나치면 도리어 천박해 보인다. 시 고치기에서 단어 하나를 바꾸다 보면 토씨를 바꾸어야 하고, 그러면 문장 구조가 바뀌고, 문장을 손 대다 보면 한 연을 몽땅 새로 써야 할 일이 생긴다. 그러다 보면 시 상까지도 바꾸어야 할 대참사(?)가 벌어진다. 어떤 때는 고치고 말고 할 것도 없이 버려야 할 때가 있다. 그럴 때는 작품을 버리는 게 아 니라, 투여했던 시간을 버리는 것이어서 혼자 투덜대기도 하지. "젠 장! 그 시간에 책을 읽거나 다른 일을 했으면 얼마나 생산적이었을 까!"

그대는 얼마나 고치기를 하나? 고치기에 게으르면 좋은 작품 쓰 기는 틀렸다. 군더더기 쳐내기도 마찬가지다. 군더더기 쳐내기는 말 을 선택하는 것이고, 말의 선택은 곧 내용으로 연결되고 인식의 문 제로까지 이어진다. 쓸데없는 말 줄이기 훈련에는 단시 쓰기가 도움 이 된다. 내 경험으로 봐서도 그렇다. 그리고 고칠 곳이 없다고 여기 고 발표하고 나면, 꼭 고쳐야 곳이 보인다. 기가 찬다. 작품은 묵혔다가 다시 봐야 한다는 말이 그래서 나온 모양이다. '퇴고(시상까지도 포함한) 실력이 작품 빚는 실력'이라는 걸 명심 또 명심하라.

난해성에 대해 말하겠다. 난해성은 어디에서 오나?

"시에 쓰인 말에서 오거나, 표현 자체에 있거나, 생각이나 내용에서 오거나, 어른만의 취미로 된 것일 경우다."(이오덕)

세월이 지나도 공감이 가는 말씀이다. 동시가 어린이 독자들에게 배척을 당하는 것도 그와 같은 이유 때문이다. 현재 이런 이유에 해당할 동시가 동시인들 사이에서 좀비처럼 되살아나고 있다. 이런 게 4차 산업 시대의 새로운 동시인 줄 알고 따라 하는 이들이 있다. 이들은 판단력이 없는 흉내쟁이인지라 총명이나 주체성과는 거리가 멀다. 쓰는 자의 고통이 읽는 이의 행복이 되어야 하는데, 쓰는 자의 행복이 읽는 이의 고통이 되어서는 안 되겠지.

43
동시는 내게 말했다

제목 붙이기에 대해 알아보자. 다음에 소개하는 말들을 참고로 하면 좋으리라.

"제목만 봐도 무척 재미있을 것 같고, 읽고 싶은 충동이 생기도록 해야 한다."(폴 아자르)

"제목은 편지의 수신에 해당한다. 내용과 상관없는 제목은 편지에 수신인을 잘못 기재한 것과 같다. 짧은 제목이 독자들의 뇌리에 오래 기억될 수 있으므로 되도록 간결하고 함축적이며 내용에 대한 모노그램(monogram) 역할까지 수행할 수 있는 구절을 제목으로 삼는 것이 좋다. 장황한 제목, 특징이 없는 제목, 모호하고 불명료한 제목, 내용과 상반되는 제목은 책의 가치를 손상시키는 주범이다."(쇼펜하우어)

"시 속의 가장 강한 악센트가 되기도 한다. 시의 리얼리티와 굳게 손잡고 있어야 한다."(오규원)

"제목과 이름은 우선 외우기 쉽고, 부르기 쉽고, 다른 제목이나 이름과 헷갈리지 않게 독특해야 한다."(안정효)

"훌륭한 제목은 독자들의 호기심을 건드리며 가이드이다. 그리고 짧다. 정보를 드러내는 것이 아니라 드러내야 한다."(『전략적 글쓰기』, 개리 프로보스트)

내게 가장 인상적인 시집 제목을 꼽으라면 단연 보들레르의『악의 꽃』이다.『악의 꽃』은 보들레르가 카페에서 바브라는 기자와 담소하던 중 기자가 제안한 것이라고 한다. '악의 꽃' 참으로 매력적인 제목이다. 동시집 제목을 보면 실망스러울 경우가 허다하다. 성인시의 흉내를 내어 손쉽게 쓴다. 구체적으로 예를 들고 싶지만 생략한다. 이유는 묻지 마라. 눈치 빠른 이들은 알리라. 유행처럼 제목을 괴이하게 붙인 것을 보면 아주 가관이다. 억지 광고를 보는 것 같다. 작품이나 시집 제목 붙이는 것 참 어렵다. 새 생명에게 이름을 지어 주는 것만큼이나 어렵다. 동시집 제목은 출판사 편집부가 작명소 노릇을 할 때가 많다. 제목이나 내용에서 자기 딴엔 멋지게 표현했다고 여기는 부분이 바로 혹이다. 대개는 너무 튀어서 그렇다. 평범한 얼굴에 자기 딴엔 애교점이라고 입술 옆에다가 커다랗게 점을 찍어 놓다니!

44
동시는 내게 말했다

　시에는 긴장감이 있이야 한다고 말한다. 맞는 말이다. 하지만 말을 꼬거나 비틀거나, 아니면 개인 상징이나 과도한 은유, 심한 비약, 또는 추상적인 대상을 인간으로 치환, 독해를 까다롭게 한 동시들은 어른 독자, 아이 독자 모두에게 배척당한다. 그런 게 긴장감이라고 한다면, 그렇게 하라. 동시의 본분을 망각하고 홀로 오지에서 독야청청하려면 말이다.

　동업자의 눈으로 봐도 그건 독자들을 위한 것이 아니라 자기만족의 마스터베이션이다. 그런 동시를 참신으로 여기는 극소수 동시인들이 있다. 또한 풋내기 초보들이 그런 작품에 눈을 떼지 못하는 것은, 작품이 좋아서가 아니라 무슨 소리를 하는 건지 어리둥절해서이다. 이걸 착각하면 안 된다. 그런 식으로 주목을 받기 위한 것이라면 열심히 그렇게 하라. 자기 몰락은 외부 환경에서 오는 것이 아니라 자신에게서 비롯됨을 알아야 한다.

45
동시는 내게 말했다

　"시 속에 그림이 있고 그림 속에 시가 있다."(詩中有畵, 畵中有詩) 북송 시대의 시인 소식(蘇軾, 1036~1101)이 왕유(王維, 699~759)의 시와 그림을 보고 평한 말이다.

　머리에 그림이 그려지게 쓴 시는 시각 능력이 뛰어난 화가의 눈으로 쓴 것이다.

　시인은 언어로 그림을 그리는 사람이다. 그 그림이 풍경이든, 장면이든, 사람이든 사건이든 그 무엇이든 간에 그림이 그려지게 써야 한다. 그렇잖으면 시가 선명하지 못해 미적 쾌감이 생겨나지 않는다.

　대나무를 그리려면 '마음속에 완성된 대나무'를 가지고 있어야 한다고 했다. 머리(관념, 지식)로 시를 쓰는 사람은 그림 그리는 것과는 인연이 없다고 할 수밖에 달리 할 말이 없다. 아이디어로 쓰려면 시상이 기발하거나 표현이 뛰어나든 해야 한다.

46
동시는 내게 말했다

시인은 경험을 질서화하는 사람이다.

경험을 질서화한다? 말 그대로 경험을 질서 있게 구성, 혹은 전개한다는 뜻인가? 능력이 부족한 사람은 단순한 내용도 횡설수설하게 써서 시적 질서가 없다. 그래서 시가 산만하다. 질서화하면 통일성이 있다는 평을 듣게 된다. 이러려면 문장 공부를 소홀히 해서는 안 될 것이다. "잘 짜인 문장은 쓰는 이와 읽는 이 모두에게 기쁨의 감정을 준다." 어떤 책에서 본 것인데, 동시 문장도 그러해야 하지 않을까 한다. 글쟁이들에게 문장 공부는 평생 공부다. '작가는 평생 공부하는 자'라는 걸 벌써 잊지는 않았겠지. 숨이 멎을 때까지 공부한다는 각오가 필요하다.

47

동시는 내게 말했다

    생동감, 참신성은커녕 평범함의 모범생 같은 동시를 보고 생동감도 있고 참신하다고 평한 것을 보면 어리둥절해진다. 내가 잘못 본 것인가 싶어 거듭 읽어도 마찬가지다. 시상이 왜 참신한지, 표현 어디가 그런지, 도통 알 길이 없다. 이러다 보니 평문이나 해설이 작품과는 따로 노는 꼴이 되고 말았다. 동시를 보는 눈이 이래서야 어찌 비웃음을 사지 않겠나. 작품 보는 눈은 하루아침에 생기는 게 아니다. 광고지 뿌리듯 마구잡이로 뿌리는 자비 동시집만 읽지 말고, 인세 받는 동시집도 사서 보기를 충고한다. 여러 가지를 맛봐야 어떤 것이 맛있는지를 알게 아닌가. 견문이 좁으면 옳은 판단을 못 한다. "결점이 많다는 것은 나쁜 것이지만 그것을 인정하지 않는 것은 더 나쁜 것이다."(파스칼)

48
동시는 내게 말했다

모호한 문장 → 문법적 모호함은 시의 적(습작생들의 문장)

폭염 → 불볕더위(사전적 해석)

폭염 → 시에서는 다르게 해석할 수 있다. 말의 본래 뜻에 사로잡히지 마라.

49

동시는 내게 말했다

대상이 말하도록 하라. 이건 하이쿠 시인들이 말한 것인데, 사물을 대상으로 할 때는 더욱 그렇다. 동시에선 특히 그렇다. 제발 아이 가면을 쓰고 아이들처럼 조잘대지 않았으면 좋겠다. 말은 적게 할수록 좋다. 그러려면 짧게 써라. 15행 이내로 제한하되 되도록 간결하게 써라. 말이 많으면 수다쟁이를 보는 것 같아 자리에서 벌떡 일어서고 싶다. 그것이야말로 악덕이 아니고 무엇이랴. 너는 독자들에게 친절을 베푼답시고 그럴지 모르지만 사실 그건 친절이 아니라 괴롭힘이다. 조심하라, 어리석은 자여! 입을 다무는 법을 배워라. 참새처럼 짹짹거리지 말고, 약장수처럼 떠들어 대지 말고, 침묵하는 법을 배워라. 그게 바로 미덕이다. 나는 필요한 말만 하고 깊은 침묵에 빠지는 자를 사랑한다.

50
동시는 내게 말했다

낯설게 보고 낯설게 쓴다는 게 서툰 비유나 비약으로 '모호하게' 쓰는 것이 '낯설게'가 아니다. 그렇게 쓴 걸 낯설게 쓴 동시인 것처럼 평한 글을 보았다. 거기에 부화뇌동하지 마라. "옛글의 격식에 얽매이지 않는 것은 좋으나 너무 새것만 추구한 나머지 황당한 길로 가는 것은 조심해야 한다."(연암 박지원) 여기에 밑줄 쫙 그어라.

51

동시는 내게 말했다

매너리즘(타성)에 빠지지 않도록 자기 갱신에 힘써라. 매너리즘이란 하나의 형식을 굳게 지키는 것이다. 예술 창작에서 내면적 동기보다 외면적으로 습득한 기법으로 작품을 쓰는 걸 말한다. 사물의 진실에 적극적으로 파고들려는 의욕이 없이 그 껍데기만을 매끌매끌하게 만지는 식이다. 기성이나 습작생 불구하고 자주 보는 현상이다. 그리고 형태상의 매너리즘은 주로 말의 생략과 행 나누기를 기계적으로 하는 것인데, 초심자들에게서 많이 본다. 고정관념이라는 하나의 틀을 가지고 대상을 대하면 독창성이 없어지고 구태의연하게 된다. 창작자의 적극적인 정신이 안 보인다. 이게 매너리즘이다.

52

동시는 내게 말했다

시에서 개성적이라 할 때 그 개성이란 무엇이냐?

남이 쓴 말을 쓰거나 생각을 흉내 낸 것이 아니라 자기 시각, 자기 관점, 자기 말로 표현한 것일 때 개성적이 된다. 그런 어린이시를 보면 감탄이 나온다. 아름답게 느껴진다. 개성을 그릇 이해하여 여섯 손가락을 개성으로 보는 이가 있다. 그건 개성이 아니라 다지증으로 기형일 뿐이다. 나는 품바 각설이 부부의 차림새를 보고 개성 있는 아름다운 옷차림이라고 여기지 않는다. 참으로 개성적인 작품은 읽는 즐거움을 준다. 예를 들고 싶지만 생략한다. 아니, 그보다는 자기 작품이 빠졌다고 서운함을 넘어 본처 시앗 보듯, 두고 보자 할까 염려가 되어서이다.

53

동시는 내게 말했다

묻겠다. 동시문학의 영토는 면적이 얼마나 되나? 그 영토에 거주하는 주민은 얼마나 되나? 영토가 종합운동장 크기만큼이나 되나? 아니면 폐교가 된 시골 초등학교 운동장 크기냐? 주민 수는? 아이들이 보이지 않는 시골의 주민 정도냐? 거주하는 주민보다 공무원 숫자가 많은 건 아니냐? 공무원끼리 둘러앉아 술판을 벌리며 희희낙락하는 건 아니냐? 그러면서 서로 칭찬해 대는 건 아니냐? "속물들의 좌우명은 이렇다. 친구를 칭찬하라. 그리하면 그 친구도 나를 칭찬해 줄 것이다."(쇼펜하우어) 진실은 불편하지만 받아들여야 발전한다. 외면하면 퇴보한다.

이룰 수 없는 꿈을 꾸고, 싸워 이길 수 없는 적과 싸웠으며, 이룰 수 없는 사랑을 하고, 잡을 수 없는 저 별을 잡으려 한 돈키호테! 나도 이젠 돈키호테처럼 비쩍 마른 말 로시난테를 타고 왔던 곳으로 돌아가련다. 내 잘못된 선택은 문학이었고, 내 이룰 수 없는 꿈은 좋은 작품을 쓰는 것이었고, 싸워 이길 수 없는 적은 세월이었고, 잡을 수 없는 저 별은 내 이상이었고, 삐쩍 마른 말 로시난테와 무딘 창은 내 부족한 글재주와 필력이었다. 재주가 없으면 문학이나 미술은 하지 말라는 루쉰 선생의 말씀을 거역한 내 우매함을 이제 와서 탓한

들 뭣하리.

　그간 부족한 글을 읽어 주신 『동시발전소』 독자님들(동시인, 동시인 지망생)께 고마움을 표하면서, 나처럼 후회하고 자책하는 일이 없으시기를 바랄뿐이다. '나는 동시를 좋아하고 쓴다, 그러므로 나는 존재한다'는 일념으로 부디 바라는 꿈을 이루시기를. 중요한 것은 일단 '꿈을 꾸는 것'이고 다음은 그 꿈을 '현실로 바꾸려는 굳은 의지와 노력'이다. "서두르지도, 쉬지도 말라."(괴테) "재능 맹신 필패, 노력 신봉 필승."(조정래 소설가)

　끝으로 '시는 이러해야 한다'는 말에 깊이 공감하기에 소개한다.
　1. 발상이 독특하고 참신하여 쾌감을 주는 시.
　2. 가락이 도드라져 읽는 맛이 있는 시.
　3. 말놀이의 재미가 있는 시.
　4. 내용이 우습고 익살스러운 시.
　5. 순수한 동심의 세계를 담은 시.
　6. 파격적인 형식으로 새로운 재미를 추구한 시.
　7. 발랄한 시.
　8. 누구와도 쉽게 통할 수 있는 울림을 주는 시.

　(…) 시는 일단 재미가 있어야 한다.(도종환)
　까탈스럽고 골치 아픈 시, 무슨 소리를 하는지 알아먹을 수 없는 시는 안 좋은 시다.(이명주)(『재미로 읽는 시』 김주환 외)

2부

—

동시를
쓰려면

1

동시도 잘 쓰려면
밑천을 들여야 한다

왜 동시를 쓰는가, 쓰려고 하는가

"처음엔 사람이 술을 먹고, 다음엔 술이 술을 먹고, 나중엔 술이 사람을 먹는다"는 말은 불경에 나오는 말이다.

동시가 좋아서 동시를 쓰다가, 당선을 위한 동시를 쓰다가, 동료들에게 보이기 위해 동시를 쓴다?

초심을 잃고 온갖 얕은 말재주로 쓴 동시는 작위에 개념적으로 꿰맞춘 것이어서 자연스럽지 않다. 아름다움도 없고 재미도 없고 공감성도 없고 진실성도 없다.

동시가 좋아서 동시를 쓰는 그 마음, 초심을 잊지 않을 때 아이들도 어른들도 좋아하는 작품이 태어나리라 본다. 이렇게 말하다 보니 중놈에게 속지 말라는 성철 스님의 말씀이 문득 생각난다. 엉터리 동시를 보고 호평을 하는 동시인들이나 평론가라는 이들에게 속지 말기를 바란다.(2011. 12. 4)

준비를 단단히 해야 한다

사냥을 좋아한 사람이 있었다. 그러나 제대로 짐승을 잡지 못했다.

사냥을 좋아한다는 사람이 짐승을 잡지 못하고 빈손으로 돌아올 때가 많으니, 집안사람들이나 마을 사람들 보기에 부끄럽기 짝이 없었다. 그가 사냥을 제대로 하지 못하는 까닭은 데리고 간 개가 좋은 사냥개가 아니었기 때문이다. 그래서 좋은 사냥개를 구하려고 했다. 하지만 가난해서 좋은 개를 구할 수가 없었다.

그러자 이 사람은 이렇게 생각했다. '우선 부지런히 농사를 지어서 돈을 모은 다음 그 돈으로 좋은 사냥개를 구해야겠다.' 그래서 부지런히 농사를 지었다. 농사를 부지런히 지으니 살림이 넉넉해졌고, 집안 살림이 넉넉해지니 좋은 사냥개를 살 수 있었다. 좋은 사냥개를 데리고 사냥을 하니 짐승도 쉽게 잡을 수 있게 되었다. 뿐만 아니라 짐승을 잡으면 남보다 더 많이 잡았다.(여씨춘추)

사냥을 하려면 좋은 사냥개가 필요하듯, 무슨 일을 하려면 준비를 단단히 해야 한다는 뜻이다.

동시를 잘 쓰려면 작고 시인들의 동시집이나 그들의 동시선집을 읽는 게 좋다. 아울러 현재 활동 중인 시인들의 동시집도 열심히 찾아 읽어야 한다. 그리고 아동문학 전문 잡지도 구독하면서 잡지에 발표되는 작품도 부지런히 읽어 봐야 한다.

우수한 동시집에서는 좋은 점을 배우고, 잡지에서는 좋은 작품과 그렇지 않은 작품을 가려내는 눈을 기르도록 해야 한다. 밑천도 안 들이고, 짐승을 많이 잡기를 바라서는 안 된다. 마른 걸레 쥐어짜듯 혼자 머리를 쥐어짠다고 해서 시가 나오지는 않는다. 허기진 사람처럼 다른 사람의 작품을 많이 읽으려는 자세가 필요하다.

그리고 평소에 사물에 대한 깊은 응시와 아이들(사람들)의 살아가는 모습을 주의 깊게 보려는 마음가짐이 중요하다.

아울러 나는 왜 동시를 쓰는가, 쓰려는가를 늘 자문자답하며, 평생 마음에 간직해야 할 화두로 삼아야 할 것이다.(2002. 12. 18)

난로야 불을 다오, 그러면 장작 줄게

난로를 보고, 불을 주면 장작을 줄 테니 불을 달라는, 중국 우언(우화)이 있다.

이게 말이 되는 소린가? 앞뒤가 바뀐 소리가 아닌가? 난로한테 불을 받으려면 장작을 넣어야 한다는 건 삼척동자도 다 알 사실이다. 그런데 불을 주면 장작을 주겠다니. 이런 어처구니없는 일이 현실에서는 실제로 일어나고 있다.

동시를 쓰려면 동시집을 많이 읽어 봐야 하고, 나아가 성인시집도 많이 읽어 봐야 한다. 만약 어떤 이가 동시집 10권도 안 읽어 보고 동시 쓰겠다고 덤빈다면, 그건 난로를 보고 불 주면 장작 주겠다고 하는 격이다.

밑천 한 푼 안 들이고 공으로 먹을 수 있는 건 이 세상에 아무것도 없다. 선배에게 술대접하려고 하지 말고, 선배 시집을 사서 읽어라. 그게 돈 적게 들이고 제대로 대접하는 것이다.

만약 누가 내 동시집도 안 읽어 보고 나한테 동시 배우겠다고 한다면 내가 뭐라고 말해야 하나? 현재 이런 일이 일어나고 있다. 내 동시집을 팔려고 이러는 게 아니다. 남의 동시집은 안 사 보면서 왜 본인은 동시를 쓰고, 동시집을 내지? 그냥 보내 주면 읽겠다는 건가?

동시로 등단하려는 사람은 동시집을 되도록 많이 읽고, 좋은 동시와 그렇지 않은 동시를 가려내는 눈을 키워야 한다. 이런 과정을 거친 뒤 좋지 않은 동시는 들여다보지도 말아야 한다. 자칫하면 자기도 모르게 안이하게 될 우려가 있기 때문이다.

나는 이제까지 많은 동시집은 물론 동화책, 그밖에 여러 책들을 버리거나 남에게 주었다. 남에게 준 책은 내가 오래 간직하다가 준 책들로 못 쓸 책을 준 것은 아니다. 이런저런 책을 모두 모아 두었다면 집 평수를 엄청 늘려야 했을 것이다.

동시집을 버릴 때 혹 괜찮은 작품이 한두 편 있다면 타자해서 저장해 둔다. 책꽂이에다 시시한 책만 꽂아두는 건 낭비요 비생산적인 짓이기 때문이다. 그래서 가차 없이 정리한다. 도서관에서 시집만 진열한 서가를 보면, 시시한 시집이 왜 그리 많은지 전부 확 쓸어내 버리고 싶을 때가 많다.

어느 날은 시집 한 권 대출해 가려고 시집 서가를 한 시간이나 어슬렁거리다가 시간만 낭비, 할 수 없이 억울한 마음을 달래려 신경림 시인이 엮은 『처음처럼』이란 앤솔러지를 다시 빌려서 온 일도 있다. 내 책꽂이도 정리해야겠지만 도서관 사서라면 책을 과감하게 정리할 필요가 있다. 동시로 등단하려는 이들이여! 동시집을 닥치는 대로 읽어라. 그리고 과감하게 버려라!(2009. 3. 8)

창작할 때의 마음가짐

1. 여러 가지 일에 주의를 기울이고, 되도록 많이 볼 것. 잠깐 보아서 쓰는 것은 완전하지 않다.
2. 써지지 않을 때는 무리하게 쓰지 않는다.
3. 어떤 특정한 사람만을 모델로 하지 않는다. 많이 본 것 중에서 뽑아서 인물상을 만든다.
4. 다 쓰고 나서 적어도 두 번은 되읽고, 있어도 좋고 없어도 될 語, 句, 文은 아끼지 않고 될 수 있는 한 삭제한다. 소설의 재료를 스케치로 줄이거나 스케치의 재료로 길게 늘이지 않는다.
5. 외국의 단편소설을 읽을 것. 내가 읽은 것은 거의가 동구와 북구의 작품이었고 일본 작품도 있었다.
6. 본인 외엔 아무도 모르는 형용사, 형용구 등을 제멋대로 만들지 않는다.
7. 소설 작법이라는 것을 신용하지 않는다.
8. 중국의 이른바 비평가가 말하는 것은 신용하지 않고, 신뢰할 수 있는 외국 비평가의 평론을 읽는다.

(루쉰)

루쉰의 말에 고개가 끄덕여진다. 여기서 흥미를 끄는 항목은 5번과 8번이다. 그 당시 중국 소설가의 작품이나 평론가의 글들이 얼마나 한심했으면 이런 말을 했겠나. 그래서 하는 말인데 이제부터는 화제나 문제가 된 작품(동화든 동시든 평론이든 소설이든 시든)만 읽기로 했다. 내가 평론을 업으로 삼는 사람이면 모를까, 책 보내 준다고 하여 모두 읽어야 할 까닭은 없다. 그리고 문학이나 문인은 평준화가 되어서는 안 된다. 최근 성석제 작가의 소설에 매료됐다. 그의 소설은 읽으면 재미가 있다. 그는 익살스런 이야기꾼이다. 그렇다고 가벼운 이야기꾼이 아니다. 동화도 성석제 작가처럼 재미있게 썼으면 좋겠다는 생각이다.(2003. 11. 25)

시 창작 훈련에 가장 능률적인 방법

"우선 많이 쓰는 것입니다. 필자는 대부분의 초보자에게 300편 이상의 시를 창작하기를 권하고 있습니다. 물론 300편 운운의 숫자는 막연한 추정이 아닐 수 없습니다. 허나 사흘에 한 편 정도씩 작품에 몰두할 수 있다면 1년에 100편 꼴이 되므로 3년이면 300편이 됩니다. 그러기 위해서는 3년의 시간이 요청됩니다.

예술에 몰입하기 위해서는 최소한 이 정도의 긴장과 열성을 갖는 준비 기간이 필요합니다. 작품의 습작이 100편이 넘어갈 때부터는 가속도가 붙게 마련입니다. 이때부터는 작품의 우열은 어쨌든 하나의 모양을 갖추게 됩니다. 또한 이때에 시인에게는 두 가지 이득이 생깁니다.

시란 어떤 것이라는 스스로의 느낌이 어느 정도 구체화될 것이고, 그러는 동안 작품을 쓰기 전부터 노상 생각하던 막연한 외로움이나 그리움과 같은 기초적인 감정이 정화될 것입니다. 또한 시 창작과 병행해 일기나 편지나 수필을 가능한 대로 많이 써 보아야 한다는 것도 잊지 말아야 합니다. 습작품이 100편을 넘고부터는 대부분이 전문적인 시인의 길에 오르게 됩니다.

시가 어떤 것이라는 형식을 이해하는 동시에 시에 무엇을 쓸 것이라는 내용에 대한 자각이 굳어지기 때문입니다. 시를 쓸 때 어떻게 무엇을 쓰느냐는 자각은 시 창작에서 모든 형식, 문체, 낱말, 부호

등을 활용해 보자는 기교적인 문제와 연결될 경우 보다 효과적입니다."(인터넷 발췌)

동시로 등단하려면 이보다 훨씬 더 노력해야 하는 게 아닌가 한다. 백석의 말대로 아동문학은 두 세계의 문학을 하는 것이니까. 습작품 1000편을 쓰고 나서 100편 정도가 괜찮다면 등단해도 되겠지.(2003. 04. 04)

10년이 지났다. 시를 잘 쓰는 비법은 10년 전이나 지금이나 달라진 게 없더라는 것이 내가 얻은 결론이다. 많이 경험하고(관찰하고), 많이 읽고, 많이 쓰고, 많이 생각하고, 많이 고치는 것 외에 다른 방법이 없다. 달리 뾰족한 방법이 있다면 알려 주기 바란다. 후히 사례하겠다.(2013. 8. 3)

시인의 본분, 그리고 어떻게 쓸 것인가

발레리는 시인의 본분은 "시인이 시적 상태를 느끼는 데 있는 것이 아니라 그가 마땅히 해야 할 일은 남의 마음속에 시적 상태를 창조하는 것이다."고 했다.

이 말은 내가 느낀 것을 다른 이도 똑같이 느끼도록 해 줘야 한다는 말이라고 본다. 혼자만 느끼면 되나? 읽는 이도 자신과 똑같이 느끼게 해야 한다. 그럼 시를 처음 쓸 때 지녀야 할 마음가짐은 무엇인가.

누구나 시를 쓸 수 있다. 시란 시적 재능이 있거나 또는 어떤 종류의 사람 즉 시인만이 쓸 수 있는 특별한 것이 아니다. 우리 생각을 나타낸 글 가운데 산문이 아닌 운문의 형태로 된 것이면 모두가 시(詩)이다. 누구나 이런 형태의 글, 즉 시를 쓸 수 있다.

문제는 시에는 좋은 시와 그렇지 못한 시, 또는 잘된 시와 그렇지 못한 시가 있다. 곧 시를 쓸 줄 모른다는 말은 잘된 시를 쓸 줄 모른다는 말이다. 시를 쓸 바에야 또는 써야 될 바에야 좋은 시, 잘된 시를 쓰고 싶기는 누구나 마찬가지다. 그러나 처음부터 좋은 시 잘된 시를 쓰기는 어렵다. 일정한 습작 기간을 거치지 않고는 좋은 시를 쓸 수 없다. 시를 쓰는 일, 시를 창작하는 일에 몰두하는 것과 좋은 시를 써야겠다는 욕망은 다른 차원의 이야기다.

곧 처음부터 좋은 시를 써야겠다는 과욕이 좋은 시를 쓰지 못하게 하는 원인이다. 그런 과욕이 우리의 사고를 흐리게 하고 우리가 가진 무한한 재능을 잘못 낭비하게 한다.

시인이 시를 쓰는 것은 좋은 시를 쓰기 위해서가 아니다. 자기의 생각을 시라는 형식의 글로 표현하고 싶은 욕망 때문이다. 좋은 시가 되고 안 되고는 그런 행위의 결과일 뿐이다. 글로 표현하고 싶다는 욕망 때문이다. 글로 표현하고 싶다는 욕망과 좋은 시를 쓰고 싶다는 욕망은 전혀 다른 것이다. 그것은 창조하는 즐거움과 창조된 결과를 탐하는 것과의 차이만큼이나 다른 것이다. 좋은 시는 결과에 욕심을 두지 않는, 아는 체 하거나 흉내 내지 않는, 거짓 없이 쓴 글에서 나온다.(시 관련 글 모음 공책에서 발췌, 2006. 10. 15)

동시와 독자 상정

이문열은 소설 『들소』의 머리말에서 이렇게 말하고 있다.

"글을 쓸 때 글 쓰는 이(작가)가 가장 먼저 하는 일은 읽는 이(독자)를 머릿속에서 결정하는 일입니다. 이를 '독자의 상정(想定)'이라고 하는데 아주 중요한 일이지요. 왜냐하면 독자를 누구로 하고 쓰느냐에 따라 많은 것이 달라지기 때문입니다."

이 말을 동시에 끌어와 보자.

동시의 일차적인 독자는 아이들이다. 아이들은 나이에 따라 지식과 정서의 차이가 엄청나다. 예컨대 초등학교 1, 2학년과 5, 6학년은 나이로 따지면 몇 살밖에 차이가 나지 않지만, 지식과 정서의 차이는 아주 크다. 빗대어 말하면 세대 차이가 많이 난다는 것이다.

이런 아이들에게 줄 동시를 쓰는 시인들은 동시를 쓸 때 독자 상정을 하고 있는가 하는 점이다. 기획 동시가 아닌 이상 동시를 쓸 때 애초부터 미리 독자를 상정을 하고 동시를 쓰지는 않겠지만, 시의 모양이 갖추어질 때는 독자를 상정해야 하지 않겠느냐는 것이다.

동시를 아이들도 읽고 어른들도 읽어서 좋을 시라고 해서, 독자 상정에 마음을 쓰지 않거나 소홀히 한다면 문제가 발생한다. 이 작품은 저학년 아이들에게 맞겠다든지 아니면 중학년이나 고학년에 맞겠다는, 최소한의 독자 상정이라도 있을 때, 작품 내용이나 표현 문제에서 완결성도 따르고, 독자와의 친근 관계도 높아진다고 본다.

동시는 어른도 읽어 좋을 시라고 해서 독자 상정을 무시한다면, 결국 그 작품은 동시도 아니고 성인시도 아닌 어정쩡한 시가 되고 말 것이다.

작품을 묶어 낼 때도 마찬가지다. 유아용의 동요에서부터 어른용의 동시까지 독자에 대한 배려 없이 자료집 성격으로 묶어 낸다면, 과연 이 동시집이 호응을 받을까 하는 것이다. 결국 동료들에게 보이기 위한 동시집으로 되고 말 것이다.

자비 출판을 할 때도 이 점에 마음을 써서, 어떤 연령대의 아이들을 겨냥한 동시집인가를 분명히 해 둘 필요가 있다. 그렇게 되면 작품 선정, 구성 문제에도 신중함을 가지게 되어 동시집의 성격이 또렷해지게 된다.

이제 우리 동시인들도 아이들의 연령대에 따른 지적 정서적 편차를 고려해, 세심하게 독자 상정을 하고 동시집을 꾸몄으면 한다. 이것이 바로 소비자를 위한 생산자의 바른 자세가 아닐까 한다.

(2006. 11. 9)

작품은 입으로 쓰는 게 아니다

시간이 날 때 공부하겠다고 말하지 말라. 절대 시간이 나지 않을 테니 말이다. (유대교 율법서 『토라』)

입으로 공부하고, 입으로 작품 쓰는 사람은, 입으로 자신을 드러내려는 그런 사람이다. 실행하지 않으면 그것이 보옥인들 무슨 소용이랴. 구슬이 서 말이라도 꿰어야 보배다.

시 공부하겠다면, 시를 쓰겠다면, 지금 당장 행동으로 옮겨라. 우선 시집을 왕창 사라. 적어도 백만 원어치. 그리고 읽어라. 그리고 필사하라. 그리고 미친 듯이 한 3년 써라. 그리고 낙방의 쓴 맛을 맛보라. 그리고 좌절하라. 그리고 다시 읽어라. 그리고 다시 필사하라. 그리고 다시 한 2년 더 써라. 빛이 보일 것이다.

나는 그러지 못했다. 그래서 화가 치민다. 등단 전에도, 등단 후에도 치열하지 못했다. 치열하게 했다면 나는 다른 자리에서 지금과 다른 나를 만났을 것이다. 그럴 각오가 없다면 굳이 동시를 쓸 필요가 없다. 인생 낭비다.(2006. 6. 22)

시인과 문제의식

영국의 시인 테드 휴즈의 『시 작법』 중에 '문제의식'을 가져야 한다는 대목이 있다. 어떤 사물을 대할 때나 어떤 생각을 할 때, 그리고 정치, 경제, 사회와 문화적 현상을 대할 때 문제의식을 가지는 것, 이것이 시정신이며 작가정신이라고 했다.

동화나 동시 쓰는 데는 해당 안 될까?

작가의 문제의식 없이는 동화나 동시도 성인문학과 마찬가지로 제대로 안 된다고 본다. 시인이 동시를 쓰기 위해 아이 같은 마음을 갖는 것은 좋으나, 의식 수준이 아이 같아서는 안 된다. 설령 탐미적인 시를 쓴다 하더라도 철저한 장인 정신을 가져야 할 것이다. 어느쪽으로든 철저함(정신)을 갖는다는 것은 중요하다.(2003. 04. 25)

국어사전과 시

시 한 편을 쓸 때 국어사전을 30번은 찾아보는 게 요즘의 습관이 되었어요. 요즘 젊은 시인들은 작품을 너무 대강대강 쓰는 게 아닌 가 하는 생각이 듭니다.

(오탁번 시인)

글을 쓸 때는 사전을 옆에 두고 쓰라는 말이 있는데, 컴퓨터로 글 쓰는 시대가 되어선지, 동시를 쓰는 사람들을 보면 사전을 가까이 하는 데 등한히 하는 것 같다.

나는 전자사전을 옆에 두고 사용하는데, 깊이 알고 싶을 때는 두 꺼운 국어사전, 아니면 인터넷 사전을 활용한다. 사전을 들춰 보는 버릇을 가져야 새로운 말, 적절한 말, 바른말을 찾아 쓸 수 있다. 사 전은 글 쓰는 이에겐 병사의 무기와 같은 것이다.(2006. 9. 29)

어린이는 어떤 동시를 가장 좋아하나

1. 재미있는 동시 – 296명(58.8%)
2. 생활 속에서 일어니는 아기자기한 이야기 동시 – 82명(16.3%)
3. 가슴 뭉클한 감동 있는 동시 – 54명(10.7%)
4. 이해가 잘 되는 쉬운 동시 – 50명(9.9%)
5. 교육적인 이야기가 담긴 동시 – 21명(4.2%)

  (계 503명 – 100%)

2003년 8월 한국동시문학회 세미나에서 발표된 것이다.

사실은 사실대로 받아들여야 한다. 당신이나 나나 동시를 쓰고 동시를 사랑한다면.(2003. 9)

동시는 5초 이내에 감동이 안 오면 제쳐 버린다

1. 무얼 딱 붙잡고 썼는가 아니면 아무 내용도 없는 것을 말장난만
   하고 썼는가?
2. 실감나고 가슴에 와닿는 시인가, 아니면 실감도 나지 않고 가
   슴에 와닿지도 않는 시인가?
3. 절실한 자기 체험이나 생활 감동을 바탕으로 해서 쓴 진실성과
   생동감이 넘치는 시인가, 아니면 자기의 절실한 생활 감동도
   없이 손끝으로 쓴 매끄러운 시인가?
4. 주제가 명확할 뿐 아니라 전체 내용이 잘 통일되어 있으며 이
   미지가 선명하고 형상화가 잘 되어 있는 시인가?
5. 사물의 관찰이 부정확해서 일어나는 부정확한 표현은 없는가?
   (「어린이시를 보는 잣대」, 김녹촌)

어린이시를 보는 잣대는 어린이시 뿐만 아니라 동시나 성인시를
보는 잣대도 된다고 본다. 발표되는 동시들을 위의 잣대로 보면 턱
걸이도 못할 동시들이 부지기수이다. 잡지나 신문에 당선된 작품 가
운데도 그런 게 많다. 시를 제대로 못 보기 때문이다. 시를 쓰기보다
시를 보는 게 더 어렵다는 말이 이래서 나온 것 같다.

어떤 20대 누리꾼이 내게 말했다.

'저는 동시를 읽어서 빠르면 3초, 늦어도 10초 이내에 필(감동)이

안 오면 그냥 제쳐 버립니다. 동화는 두어 장 읽어 보고 역시 느낌이 안 오면 덮어 버립니다.'

이렇게 말한 이 누리꾼을 보고, 요즘 젊은이들은 가볍다, 지나치다 할 사람이 있겠지만 나는 그렇게 생각하지 않는다. 흔해 빠진 게 책이고, 읽을거리이고, 볼거리인데, 필(feel), 재미, 감동도 안 오는 동시, 동화, 왜 억지로 읽어야 하나? 시나 소설도 마찬가지라고 본다. 이런 현실을 개탄할 것만 아니라 좀 깨닫는 계기로 삼았으면 한다. 내가 봐도 10초가 아니라 5초 만에(사실 5초면 짧은 동시 한 편은 눈에 들어오는 시간이다) 제쳐 버려야 할 시시하고 평범한 동시들이 부지기수다. 동시 쓰면서 고민 안 하려고 해도 고민 안 할 수가 없게 되었다.(2006. 10. 13)

자기 작품을 평가하는 가장 좋은 방법

　자기 작품을 평가하는 가장 좋은 방법은 시간에 맡겨 두는 것이다. 자기 작품에 대해 확신이 생기지 않는다면 미루어 두는 것이다. 그리고 몇 달 뒤 다시 작품을 읽어 보는 것이다. 그러면 무언가 분명하게 보인다. 이 말을 달리 말하면 묵히라는 것이다. 묵혔다가 보면 알 거라는 것이다.

　그런데 한 편의 시를 완성하고 나면 흥분이 되어 자기 스스로 만족감에 빠져 서둘러 발표하고 싶어진다. 발표하고 난 뒤에 보면 그제야 허점이 보이고 민망스런 감정에 빠진다. 젓갈을 담듯이 푹 삭혔다가 내보여야 한다. 그리고 나중에 보아도 신통찮은 것은 용감하게 버려야 한다. 마냥 붙들고 있지 말아야 한다. 죽은 말을 채찍질하듯 해봐야 무슨 뾰족한 수가 나겠는가. 그런데 사실은 이게 어렵다. 흥분되어 서둘러 발표하고 싶어진다. 나도 숱하게 경험한 사실이다. 이걸 이겨내야 한다. 알아도 실행하기가 어렵다. 그러나 어려운 일을 하고 나면 나중엔 좋은 결과가 있더라는 것이다.(2004. 03. 07)

생활동시에 대한 문제

　선생님께(이오덕 선생을 말함) 배운 우리의 글쓰기 방법은 어떻
게 보면 '반영론'의 성격을 지니고 있습니다. 삶이 절실하면 현실을
있는 그대로 반영하고 재현하는 것만으로 충분히 감동을 줄 수 있
다는 걸 우리는 확인한 바 있습니다. 그러나 문학 작품이 삶의 현실
을 있는 그대로 반영하고 재현해야 한다고 말할 때 그것이 마치 작
품이 거울이나 사진처럼 단순하게 기록하는 수동적이고 기계적인
모습이어서는 안 된다는 것 또한 알고 있습니다. 루카치의 말대로
"진리는 외양으로 주어진 것의 반영이 아니라 객관적인 현실에 대
한 한층 심오하고 포괄적인 반영이다." 즉 "세계에 대한 단순한 반
영이라기보다는 세계 내로의 창조적인 개입"으로 보아야 하는 것이
기도 합니다.

　(『작가』, 2003년 겨울호, 「도종환의 정심으로 걸어간 어린이문학
의 한 길」)

　동시가 거울이나 사진처럼 단순히 반영하고 재현하는 데만 머문
다면 예술성이 떨어진다. 루카치의 말대로 단순한 반영이기보다 세
계 내부로의 창조적인 개입이 있어야 한다. 나는 작품에서 창조성이
많이 보이면 보일수록 좋은 작품이라고 생각한다. 생활동시라고 하
여 그냥 어린이들이 쓴 시처럼 단순히 어떤 일의 재현에만 그친다

면, 감동은 물론 읽는 재미도 '어린이시'보다 못하게 된다.

그런데 생활을 소재로 한 동시를 쓰는 이들을 보면 그냥 단순한 재현에만 머물고 있다. 그냥 소재에 맞춰 기술하고 있다. 이런 식으로 쓴다면 무슨 어려움이 있으랴. 이런 생활동시는 재현에만 있다 보니, 다른 유형의 동시보다 쓰기가 훨씬 쉽다.

여기에 견주면 사물동시는 사물에 대한 발견, 새로운 인식에 있다 보니 도리어 쓰기가 어렵다. 초심자들은 이걸 모르고, 일기문 쓰듯이 쓰면 동시가 되는 줄 안다. 사물의 발견이나 새로운 인식은 독창성과 연결되어 있다. 어쨌든 동시도 단순한 '재현'이 아닌 '표현'하고자 하는 것이 있어야 한다. 표현하고자 하는 몸짓이 배어 있어야 한다. 생활동시, 삶의 동시라고 하여 단순한 재현에만 머문다면 시라고 하기엔 민망하다.(2003. 12)

유아들이나 나이 어린 아이들을 시의 대상으로 삼은 동시

유아들이나 나이 어린 아이들의 천진스런 말이나 행동을 보고, 혹은 듣고, 고것 참 재미있구나 하는 생각에서 멋모르고 동시의 소재로 삼는 경우가 있는데, 바람직하지 않다고 본다. 왜냐하면 그건 어른들의 흥미일 뿐, 시를 읽을 나이의 아이들에게는 전혀 흥밋거리가 되지 않기 때문이다.

따라서 나는 아래와 같은 사항 앞에 조심! 명심! 간판을 세워두고 싶다.

1. 유아들의 의식 상태를 재미있는 말재주를 부려 흉내 내는 것 조심!
2. 나이 어린 아이의 행동을 재미스런 장난감처럼 본 어른의 마음이 시가 되는 것이 아니라는 사실 명심!
3. 어린이에 대해서 노래한 회고조의 시는 어린이의 흥미라기보다 어른의 흥미라는 것 명심!
4. 나이 어린 아이의 천진한 말, 행동을 묘사하면 곧 시가 될 거라는 것 조심! 이건 어른들의 흥미지, 아이들의 흥미와는 거리가 멀다는 것. 어린이가 온몸으로 세상을 보고 느끼는 경이감과는 다르다는 것. 어린 아이와 어린이의 개념은 다르다는 것.

할머니가 된 여성 동시인이 어린 손주의 혀짤배기 말이나 행동을 재미스럽게 보고 쓴 작품을 보았는데, 아이들은 흥미를 느끼지 않는다고 본다. 아이들은 성장하는 과정에 있기에 내일에 대한 것에 흥미를 느끼지 이미 지나온 유아 시절의 재롱에는 흥미를 느끼지 않을 것이다. 나이 먹은 어른일수록 과거를 회상케 하는 것에 흥미를 가진다. 따라서 하루가 다르게 자라는 아이들에게는 오늘 현재나 미래 지향적인 것을 보여 주어야 한다고 본다.(2006. 10. 4)

시는 생동감이 있어야 한다

　어떤 동시를 보면 느끼할 정도로 시에 분칠을 한 것을 본다. 말재주 피우기를 시 쓰는 방법으로 생각하는 모양인데, 말재주 피운 시는 처음에는 독자의 눈길을 끄나 조금 지나면 외면하게 된다. 그런 시는 매끄럽기는 하나 생동감이 없고, 시적 발견 없이 말을 요리조리 돌리거나 꼬았기 때문이다. 이런 것은 '감각'도 아니고 그 무엇도 아닌 말 그대로 얕은 머리, 잔재주 부린 것이다.

　나도 동시를 쓰면서 아이들에게 좀 가까이 다가가야겠다는 핑계로 이런 말재주 부린 시를 재미삼아 써 보았지만, 결국 시간만 낭비한 꼴이 되었다.

　빈말로 분칠한 느끼한 시를 아이들이 좋아할 것 같지만 실제로 읽혀 보면 싫어한다. 그래서 나는 좀 투박하더라도 생동감이 넘치는 시를 좋아한다. 이와 반대로 일기문 같은 생활을 담은 생활시, 또는 그냥 이야기를 나열해 놓은 것을 보는데, 이 또한 시에 생활 감동을 온전히 담아내지 못했기에 재미가 없다.(2006. 9. 29)

우선 문맥이라도 통하게 쓰자

좋은 성인시를 보면 어려운 내용이나 모호한 표현이 없고 문맥도 잘 통하게 써 놓았다. 그런데 당선된 동시, 잘 썼다고 꼽은 동시들을 보면 문맥도 안 통하게 써 놓았거나 내용도 얼른 이해가 가지 않게 써 놓은 것이 눈에 띈다.

잘 쓰든 못 쓰든 문맥이나 통하게 좀 썼으면 좋겠다. 아이들에게 읽힐 시가 이래서야 되겠는가? 기성 동시인이라고 하는 내가 읽어도 무슨 내용인지 얼른 이해가 가지 않게 써 놓으면 어떡하나? 기가 막힐 노릇이다.(2007. 1. 10)

어느 동시인 지망생의 질문에 대한 답

동시인 지망생의 말

저는 모든 시가 소월시 같아야 한다고 생각하지 않습니다. 필요하다면 한자 조어뿐만 아니라 사전에 나오지 않는 말도 얼마든지 쓸 수 있다고 생각합니다.

내 답변

뭔가 착각을 하고 있습니다. 성인시 쓸 때나 해당하는 말인데, 성인시에선 무슨 말이든 쓸 수 있지요. 하지만 말이 그렇지 실제로 적재적소에 쓰지 못하면 도리어 우스꽝스럽게 됩니다. 그래서 조어를 함부로 쓰지 말라고 하는 것입니다. 설령 적재적소에 썼다고 해도 시로서 우수한 시가 되어 남는 경우는 드뭅니다. 1950년대에 송욱 시인이 세태를 풍자하기 위해 조어를 많이 썼지요.

한자 · 한자 조어 사전에 없는 자기만 아는 말(사전에 없는 사투리는 예외입니다. 그건 우리말이니까요.) 백석 시에 나오는 토속어나 유행어를 쓰는 것은 자유지요. 그런 말 쓰는 것은 말리지 않습니다. 허나, 좋은 시로 되기는 아주 어렵고 자기 취미로 그칠 우려가 높지요. 그것도 시 쓰기에 능숙한 이라면 혹 몰라도 초보자들에겐 해당되지 않지요. 흉내를 내려고 하지 마세요. 당신은 아직 그 단계가 아니라고 봅니다.

그리고 나는 모든 시가 김소월 시 같아야 한다고 한 적 없습니다. 김소월 시 명시 아닙니까? 좋은 시에는 한자말(한자말은 거의 관념어가 아닙니까)이 없다는 걸 예로 들기 위해 말한 것입니다. 백석 시를 보세요. 그리고 서정주나 박목월, 윤동주 등, 우리 시사에 남는 시들을 보세요.

꼭 쓰지 않으면 안 될 경우에는 한자어, 조어, 외래어, 육두문자도 쓰지요. 사실 이런 말을 써서 시를 빚으려면 시 쓰기에 뛰어난 이에게나 해당하는 겁니다. 그런데 한자어, 조어, 외래어, 육두문자를 썼기에 좋은 시가 된 것처럼 착각하고 흉내를 내지요. 큰 착각입니다.

그리고 특수한 경우를 일반적이고 보편적인 경우라고 봐서는 안 됩니다. 특수한 경우를 가지고 일반적인 것인 양 무턱대고 적용하려는 것은 논리적 모순입니다.

또 국어사전에 있는 말이 몇 십만 자인지 모르지만, 그 말이 부족해서 제대로 표현을 못합니까? 아니지요. 활용을 제대로 못하는 것이지요. 특히 조어는 아주 특별한 경우가 아니고는 써 봐야 성과가 없다는 겁니다. 동시의 경우가 아니더라도.

그 많은 우리말을 가지고도 한자어나 조어를 꼭 써야 한다면 당위성이 있어야 합니다. 어떻게 표현해야 할지를 몰라 한자말을 그대로 쓴다면 그건 능력이 달리고 미숙하기 때문입니다. 실험시를 쓰기 위해 한자어, 조어를 쓰는 경우가 있는데, 그것도 당위성이나 필연성이 있어야 하고 또 적절해야겠지요. 하지만 그런 것도 상당한 수준에 이른 이들이나 하는 것이고, 시 쓰기에 아직 걸음마 단계인 이에게는 어려운 일입니다. 데생도 안 되면서 대뜸 추상화를 그리려는 꼴과 같지요.

다음으로 시인의 임무가 무엇입니까? 모국어를 갈고 다듬어야 하는 게 시인의 임무가 아닙니까? 한자말이나 한자 조어나 외래어를 많이 써서 명시가 된 예를 한번 들어 주세요. 예전에는 한자의 영향을 많이 받아서, 일제 때는 일본말의 영향을 많이 받아서 한자말, 일본말을 많이 썼지만 한글세대의 시인들이 나오고부터, 지금은 시에서 한자말을 마구잡이로 쓰는 시인들은 거의 없지요. 삼류 엉터리 시인들을 빼고는.

좋은 어린이시를 보면 한자말 하나도 안 써도 시인들 시보다 못지않습니다. 동시 쓰는 이들이 아이들한테서 배워야 합니다. 아이들이 우리 어른들보다 단어를 더 많이 알아서 그렇습니까? 어휘력이 뛰어나서 그렇습니까?

끝으로 하나, 시를 쓸 때 아는 말이 적어서 표현 못하는 것보다, 적절한 말을 생각해내지 못하거나 표현력 부족 때문이지요. 또 쓸 수 있다는 것 하고, 실제로 쓰는 것 하고는 영판 다릅니다. 생각은 관념이고 실제는 현실이니까.

머리로야 무슨 생각인들 못하겠으며 무슨 시인들 못 쓰겠습니까? 한자말, 한자 조어, 한글 조어, 이상한 부호, 외래어, 그림 등 얼마든지 쓸 수 있지요. 하지만 말하기 쉬워 그렇지, 실제로 그렇게 써서 제대로 된 작품이냐 아니냐가 중요한 게 아닙니까? 내용이 허하니까 보조물로 눈가림을 한다고 해서 내용이 빛납니까? 추녀가 아무리 서

시 흉내를 낸들 서시가 될 수는 없는 것과 같은 이치입니다. 그러니 주장만 하지 말고 한자 조어나 한자말 많이 써서 제대로 된 동시를 실제로 보여 줬으면 좋겠어요.(2009. 8. 25)

요즘 유행하는 동시

어떤 이가 '요즘 유행하는 동시'라는 말을 하기에 고개가 갸웃거려져 몇 마디 한다. 나는 그게 어떤 동시인지 잘 모르겠다. 누구든 구체적으로 지적해 주었으면 좋겠다. 누가 언제부터 어떤 형식의 동시를 써서 영향을 끼쳤기에 많은 동시인들이 따라 쓰는지. 그래서 유행이 되었는지.

막연하게 새로운 작품을 폄하하기 위한 방편으로 '유행' 운운했다면 이야말로 왜곡된 발언이라 하겠다. 케케묵은 구닥다리 작품을 쓰는 이들은 새로운 작품이 나오면 그걸 유행으로 보는 모양인가? 내가 알기로 구닥다리 케케묵은 작품을 쓰는 이들이야말로 흑백사진 속의 얼굴처럼 존재하는 이들이다. 내가 굳이 이렇게까지 말 안 해도 그들의 작품을 출간해 줄 출판사도, 읽어 줄 독자들도 거의 없지만 말이다. 우리 동시에서는 '유행'이라는 것은 없고, 몇 십 년 전의 '고리타분한 관념적 의미동시'라는 것만 뿌리 깊이 남아 저항하고 있는 걸 본다. 우리 동시단에서도 새로운 상큼한 동시가 창작되어 '유행'처럼 번졌으면 좋겠다.

옷 입는 것, 전자제품 사용은 유행에 잘 따라가면서, 새로운 시의 흐름에는 어찌하여 몇 십 년 전의 것에 매달려 있는가? 오늘에는 오늘의 시가 필요하다. 이에 부응하지 못하면서 유행 운운 하는 것은, 문학적 수구요 보수이며 자기 무능을 드러내는 것밖에 안 된다. 동시문학의 지평을 넓히기 위해서라도 새로운 동시를 써서 유행시키는 게 좋겠다. 이런 의미에서 '새로운 감성, 감각의 동시'를 지향하는 신인 그룹이 태어나야 한다. 그러려면 '단체'보다 '동인 활동'이 바람직하다.(2009. 9. 1)

쓰임에 따른 동시

동시도 그 쓰임에 적합한 작품이 있는가 하면 부적합한 작품이 있다.

예를 들면 시화전에는 시화전에 적합한 동시가 있고 아닌 것이 있다.

시화전 특성상 길이가 긴 것보다는 짧은 것이 좋고, 생활동시보다는 이미지 동시나 서정동시가 적합하다. 작품이 갖는 높이도 저학년용보다는 고학년용이 좋다.

반면에 낭송용으로는 이미지 동시나 생활동시보다 서정동시가 적합하다고 본다.

동시도 쓰임에 따라 적합한 동시와 부적합한 동시가 있는 만큼 동시를 쓰더라도 다양하게 쓸 필요가 있다고 본다.(2009. 9. 30)

나와 동시 읽기

　동시를 읽을 때, 나는 먼저 아이 자리, 아이 눈높이에서 읽는다. 다음으로 어른의 눈으로 본다. 예컨대 어떤 작품을 봤을 때, 이 작품은 고학년 아이가 읽으면 맞겠다. 이 작품은 고학년 아이들이라도 이해하기 어렵겠다. 그러나 어른들은 이해하겠다. 이 작품은 고학년 아이들의 정서나 감정에 맞겠다. 이 작품은 어른들 정서나 감정, 사고에 맞을 작품이다. 이 작품은 저학년 아이들은 물론 고학년 아이들이 읽어도 이해하고 재미있어 하겠다. 이 작품은 아이들은 물론 어른들이 읽어도 재미가 없어서, 어려워서, 호응을 얻기는 어렵겠다. 이 작품은 아이들을 전혀 염두에 두지 않는 동시인들이나 읽으면 맞을 작품이다. 이 작품은 작품이라고 하기엔 미달이어서 설령 아이들이 이해한다고 해도 작품성이 떨어져서 안 되겠다는 등.

　이 모든 것의 잣대는 처음부터 내 주관으로 보는 것이지만, 어쨌든 나는 이런 식으로 동시를 읽는다. 사실 작품에 대한 객관적 잣대란 애초부터 존재하지 않는다. 객관적 잣대라 해도 그 속엔 주관이 깊이 개입되어 있기 마련이다. 다만 주관으로 본 작품이 많은 사람으로부터 동의나 공감을 얻는다면, 그 주관은 비록 주관에서 출발했다 하더라도 결과적으론 객관성을 획득한 것이 아니겠나, 한다.

　동시를 볼 때 내 위치(동시인)에서만 볼 것이 아니라, 일차로 아이의 위치에서 보려 해야 한다. 저학년 아이의 눈높이에서 보든, 고학

년 아이의 눈높이에서 보든, 어쨌든 아이의 눈높이에서 보려 해야
한다.

　주의해야 할 것은 아이들을 결코 낮추어 봐서는 안 된다는 것이
다. 아이들을 낮추어 보고 작품을 쓰거나 읽는다면, 작품 쓰기는 물
론 읽기도 빗나가게 될 것이다. 이런 작품은 유치한 혀짤배기 작품
이기나 아니면 어린애인 척 아이 화자로 쓴 것이다.(2009. 10. 13)

나와 동시집 읽기

동시집을 다른 이들은 어떻게 읽는지 모르지만 나는 이런 식으로 읽는다.

우선 선입견 없이 백지 상태에서 읽으면서 눈길을 끄는 인상적인 작품을 만나면 책갈피 귀퉁이를 살짝 접어놓는다. 이런 식으로 끝까지 읽은 뒤 이번에는 끝에서부터 다시 읽기 시작한다. 그러면서 접은 곳은 세심히 읽는다. 세 번째 읽기가 마지막 읽기인데, 처음부터 다시 읽기 시작한다. 이때는 비평적으로 읽는다. 읽으면서 접어 두었던 작품이 처음 느낌 그대로이면 포스트잇을 붙여 둔다. 그러나 처음 느낌에 흔들림이 있으면 접어 두었던 곳을 다시 펴놓아 버린다. 이런 식으로 끝까지 읽는다. 그러니까 동시집을 손에 쥐면 세 번은 읽는 셈이다.

성인시집(일반시집)은 그렇게 안 읽는다. 힘이 들어서다. 작품이 대체로 긴 것도 한 원인이지만, 내가 성인시에 대해서까지 비평적으로 읽고 싶지 않기 때문이다. 또 그럴 필요도 없기 때문이다. 그러나 동시는 내 장르이기 때문에 정성들여 읽는다. 다른 분들은 어떻게 읽는지 궁금하다.(2009. 10. 16)

산악인과 등산객

신춘문예나 잡지 공모, 혹은 이런저런 잡지 추천을 통해 등단한 (하려는) 이들에게 미안하지만 찬물을 끼얹는 말 몇 마디 할까 한다. 내가 안 하면 달리 할 사람도 없을 것 같아서이다.

어떤 이는 당선이나 잡지 추천을 받으면 자기가 확실히 문학인이 된 줄 착각한다. 비유적으로 말하면 아직은 해발 오백 미터의 야산에 오른 등산객에 속한 줄도 모르고. 등산복 차림새를 보면 산악인 같은데, 자신이 등반(?)했다고 여기는 산이 사실은 고작 야산 수준이라면? 그런데도 그걸 깨닫지 못한다면? 그냥 만족에 빠져 안주해 버린다면? 이런 이들은 산악인이 되기엔 자질 부족이고 그냥 등산객이라 하겠다. 하기야 등산객이면서 산악인인양 폼 재는 이들도 상당수지만.

특히 문제가 되는 것은, 그렇고 그런 잡지에서 추천을 받은 사람들이다. 나는 이런 이들을 훈련소에서 훈병 생활을 마친 이등병에다 비유한다.

최소한 해발 이천 미터 이상은 올라야 산악인 명부에 이름 석 자를 올릴 수 있다고 본다. 산악인이란 호칭을 얻으려면 말이다. 제대로 된 산악인이 되려면 에베레스트를 등정하겠다는 각오로 체력 단련에 힘써야 한다. 설령 등정에 실패할지라도.

선배들은 이들을 위한 포터가 되어야 하는데 포터가 시원찮으면 등반은 실패다. 포터라도 제대로 된 포터가 되려면 자신도 부단히 체력 단련에 힘써야 한다. 그런데 식구도 얼마 안 되는 아동문단 내의 그 알량한 명성(?)으로 행세하려고 하면 그건 욕먹는 짓이다. 똥배 나온 체형, 즉 허구적 명성만으로는 포터가 될 수 없다.

나도 포터 노릇을 해보려고 하는데, 나대로 불만이 없는 게 아니다. 털어놓고 말하면 산악인이 될 각오를 가진 이를 보기가 어렵다는 것. 그런 각오를 가진 이가 눈에 띈다면 내 그를 위해 기꺼이 포터 노릇을 해 줄 수 있다.

그리고 낙방의 고배를 마신 이들을 위해 한마디 한다면 이렇다.

소망하던 대로 당선이 안 됐다고 크게 실망할 것도 없다. 문학은 마라톤이고 완주가 중요한 것. 매년 마라톤 대회가 열리듯이 신춘문예나 공모는 계속 있는 것이며 중요한 것은 완주와 기록, 즉 작품이라는 것이다.(2009. 12. 28)

동시문학과 지각 변동

2000년대에 들어 동시문학도 빠르게 지각 변동을 일으키고 있다. 비평의 무풍지대(?)에서 '동시인들만의 리그'를 구가하던 시대는 이제 옛말이 되었다. 성인시(일반시)를 쓰던 이들이, 그것도 1급에 속하는 시인들이, 그것도 자비 출판이 아닌 인세 출판으로, 동시문학이라는 영토에 자기 나름으로 깃발을 꽂기 시작했다. 동시문학은 이제 동시인들만의 영토나 전유물이 아니게 되었다.

그들은 성인시로 얻은 명성에다가, 성인시 창작을 통해 익힌 세련된 기교와 참신한 감각으로 동시문학에 참여하고 있다. 문단에 안주하는 대다수 동시인들이 자비 출판으로 자신의 존재를 동료들에게 알리는 데 급급할 때, 그들은 독자들과 직거래를 꾀하고 있다.

물론 성인시인들 중에서도 안이한 자세로 이 영토에 들어왔다가 별 성과 없이 퇴각한 이도 있다. 하지만 환경이 달라지고 기류가 달라진 건 엄연한 사실이다.

"시를 쓰는 사람에게는 시집이 악기다."(안도현 시인) 자, 솔직히 말하자. 우리 동시인들은 그동안 어떤 악기들을 가지고 있었는가? 혹 싸구려 악기만 가지고 있었던 건 아닌가? 새로운 악기 구입에 얼마나 투자하는가? 공짜로 보내 주는 악기나 낡아빠진 악기만 들여다보고 있었던 것은 아닌가? 아니면 동시집이라는 악기만 보고 있었던 건 아닌가? 그것도 브랜드가 없는 악기를.

자기도취, 자기만족의 나르시시즘에서 벗어나야 한다. 그러지 못하면 그나마 유지하던 영토마저 빼앗기고, 동가숙서가식하며 유랑민으로 떠돌아야 할지 누가 알겠는가. 소탐대실하는 일이 없도록 고성(孤城)에서 나와 세상 돌아가는 것을 직시할 필요가 있다.

동시에서 가장 중요한 것은 시적 대상과 만날 때 동심적 만남이어야 한다는 것이다. 그리고 화자를 아이로 해서 쓰는 것과 아이의 마음 상태로 대상을 보고 느끼고 생각하여 쓰는 것과는 근본적으로 다르다는 것이다.

시 속에서 아이 화자가 말하는 것을 보면, 대개 어른인 시인 자신의 말이어서 공감을 얻기 어렵다. 시에서 아이가 말을 하고 있지만 사실은 자신의 말일 뿐이라는 것이다. 이것은 시에서 아이를 대변하는 것과는 또 다른 문제이다. 시의 화자를 아이로 삼아 진술하기만 하면 동시가 된다고 여기면 큰 착각이다. 동시를 쓸 때 아이의 마음 상태로 사물을 보거나, 세상을 본다면 굳이 아이인 척 할 필요가 없다. 동심에 시를 입한 것, 이게 동시의 요체라고 본다.

동시는 되도록 메시지를 배제하고 아이들(어른들)의 삶, 자연, 사물을 사실적으로 그려 보이는 게 좋다고 본다. 이게 잘 안 되니까 관념(메시지)으로 시를 쓰는 것이다. 아이들은 시를 쓸 때 개념적으로 써도 관념으로는 쓰지 않는다. 아이들이 시에서 누굴 가르치려고 한 것을 본 적이 있는가? 왜 서푼 짜리 관념을 동시에 집어넣어 '지사' '각성자' '도덕군자' '유식한' 것처럼 보이려고 하는가? 이런 동시보다는 차라리 말유희, 말놀이 동시가 더 유익할지도 모른다. 별 내용이 없더라도 최소한 읽는 재미는 줄 테니까.(2010. 3. 10)

동시의 숙명

동화에 견주어 볼 때 동시는 우선 쉽게 대들 수 있고 쉽게 쓸 수 있는 장르라고 여기는 게 일반적인 경향이 아닌가 한다. 하지만 막상 써 보면 가장 까다롭고, 말 많고, 성공률이 낮으면서, 크게 빛을 못 보는 것이 동시이다.

또한 동시는 성인시와 달리 내용이 단순하고 표현이 소박하다 보니 어른이면 누구나 읽고 한마디 하기 쉽다. 성인시라면 시의 외연과 내포가 넓고 깊어서 쉽게 이런저런 비평의 말을 내뱉는 것을 주저하게 된다.

그러나 동시는 그렇지 않기에 우선 만만하게 생각하는 경향이 있고, 그러다 보니 누구나 한마디씩 툭툭 내뱉기 쉽다. 여기에 주워들은 풍월이 약간만 있어도 제법 아는 척하고 이러쿵저러쿵 한다.

물론 시가 서사문학에 비하여 주관적인 장르라는 점에도 원인이 있지만, 동시는 그 점에서 더욱 바람을 탄다. 다시 말하면 성인시와 달리 동시는 어린이와 어른을 함께 독자로 삼아야 한다는 점에서 더욱 그럴 수밖에 없는 것인데, 이걸 타고난 운명으로, 숙명으로 여겨야 한다는 것이다.(2004. 1)

2

시인의 자세

시인이란 맞서 싸우는 사람이다

시인은 맞서 싸우는 것에 두려워하지 말아야 한다. 이것이 시인의 의무라는 걸 알아야 한다. 그러면 무엇에 맞서 싸워야 하는가?

내적인 것으로는 낡은 사고, 인습, 관습적 발상, 진부한 표현, 익숙해진 형식과 싸워야 하고, 외적인 것으로는 비평가들의 빗나간 비평, 패거리 비평, 동료의 시기나 질투, 외면 등으로 인한 외로움, 이런 것들이 아닐까 한다.

하지만 중요한 것은 내적인 것이지 외적인 것은 아니다. 외적인 것은 시간이 지나면 힘을 잃고 저절로 소멸되게 마련이다. 따라서 무시해 버려도 좋다. 중요한 것은 내적인 것이다. 그것은 자기 자신과의 싸움이기 때문이다. 따라서 시를 쓰려면 일생을 이 싸움에 바쳐야 할지도 모른다.

작품 쓰기를 포기하거나 자기만족에 빠져 현실과 타협해 버린다면 굳이 싸울 필요가 없다. 그러나 자신이 아직 살아 있음을 보이고 싶다면, 이 싸움은 피하려고 해도 피할 수가 없는 그런 싸움인 것이다. 등단 초기에 팔팔하던 이도 10년도 못 가 사라지기도 한다. 그들은 자기 자신과의 싸움에 지쳐 스스로 포기한 이들이거나, 아니면 현실과 타협해 버린 이들이다. 시인의 운명이란 이처럼 가혹하다. 이것은 시인에게만 해당하는 것이 아니다. 모든 이에게 해당한다. 무슨 일을 하든 운명의 주인은 자기 자신이기에 역경을 극복하려는 의지를 가져야 한다. 시를 쓰는(쓰려는) 이에게 그 극복은 오로지 배움에 있다. 시인은 배우는 자이다.(2007. 12. 26)

시를 쓰는 사람의 세 부류

"시를 쓰는 사람 중에는 시가 무엇인지를 잘 모르고 쓰는 사람과, 시가 어떤 것인지 잘 알고 쓰는 사람과, 시가 무엇인지 어떤 것인가를 초월하는 차원에서 쓰는 사람의 세 부류가 있다고 생각할 수 있다."(박두진 시인)

시가 어떤 것이고, 어떠해야 하는가를 잘 알고 쓰는 시인은 1급 시인이다.

동시도 마찬가지다. 어떤 동시가 좋은 동시이고, 그렇지 않은가를 알려면 많은 작품을 읽을 필요가 있다. 작품을 많이 읽을수록 작품 보는 눈이 밝아지기 때문이다.

내가 보기에 동시단은 우물에 가깝다. 자비 출판하여 뿌리는 질 낮은 시집이나 읽고 평하는 수준에 머물러 있다. 마구잡이로 등단시키는 작태로 인해 이런 현상은 더욱 깊어지고 있다. 그래서 좋은 작품을 쓰는 우수한 동시인의 숫자가 적다. 좋은 동시를 쓰는 이들은 거의가 문단 밖에 있는 이들이다. 문단 사람들은 이들의 시집을 안 읽는다. 아니 읽으려고 생각조차 안 한다. 왜냐? 보내주지 않기 때문이다. 보내주지 않으면 안 읽는 오랜 습성으로, 작품을 보는 그들의 눈은 점점 저급해져서 자기 기준에다 맞춘, 저급 작품을 좋은 작품으로 꼽고 있다. 나는 이런 동시집을 받으면, 받는 즉시 읽고 즉결 처분하듯이 폐기 처분한다. 아이들에게는 물론 다른 이들에게도 주지 않는다. 주었다가는 동시는 시시한 것, 재미없는 것이라는 그릇된 인식만 심어 줄까 두려워서이다.

동시를 잘 쓰고 싶으면 좋은 시집이나 동시집을 사서 깊이 읽으라고 필사적으로 권한다. 그리고 필사하고 싶은 작품은 필사해 보라. 필사하다 보면 깨닫게 될 것이다. 그밖에 다른 공부 방법은 없다. 시간이 지나 필사한 것을 다시 읽어 보고 필사한 것이 안 좋다고 여겨지면, 작품 보는 눈이 그만큼 밝아졌다고 여기고 기뻐하면 된다. 결론은, 작품을 보는 눈이 좋아져야 좋은 작품을 쓸 수 있다는 것이다.

좋은 비유는 아니지만 시골 장터에서 파는 옷만 보는 사람은 거기에 걸린 옷이 최고인 줄 안다. 유명 백화점에 안 가봐서 그렇다. 이건 뭘 의미하는가? '안목'이라는 것이다. 안목을 높이려면 저급 작품집은 멀리해야 한다. 옷은 돈 때문에 고급을 보고도 못 사지만 작품집은 그렇지 않다. 만 원 한 장이면 되기 때문이다. 1급 시인의 시집이라고 값이 더 비싼가? 아니다. 좋은 시집이든 저급의 시집이든 값은 비슷하다. 도리어 저급의 시집이 더 높은 경우도 있다. 옷은 고급을 선호하면서 작품집은 왜 저급을 선호(?)하는가?(2006. 6. 27)

불행한 작가와 행복한 작가

"스스로 작가라고 하는 작가들만으로 둘러싸인 환경 속에서 사는 작가처럼 손해를 많이 보는 작가도 없다." "작가들이나 스스로 작가라고 생각하는 사람들만을 독자로 하는 작가는 더욱 불행하다."

오래 전에 작고한 송욱 시인이 그의 저서 『시학평전』에서 한 말이다. 여기서 이 분이 한 말을 내 나름으로 풀이해 본다면 이렇다고 본다.

"문단에 갇혀 동료 작가들에게만 알려져 있는 작가, 작가들이나 읽다가 버릴 작품을 쓰는 작가, 또는 스스로 작가라고 생각하는 그런 부류의 사람들만을 독자로 하는 작가, 그런 작가는 엄밀히 말하면 독자가 없는 불행한 작가이다."

작가들에게는 너무나 뼈아프게 와닿는 말인 동시에 자신을 냉정하게 돌아보도록 깨우쳐 주는 충고의 말이기도 하다.

그렇다면 우리 동시인들의 경우는 어떤가? 우리끼리 읽고 버릴 작품을 쓰면서 만족하고 있는 것은 아닌가? 우리끼리도 읽지 않을 작품을 쓰면서 그걸 깨닫지 못하고 있는 것은 아닌가? 우리끼리 읽고 잘 썼네, 못 썼네 하고 있는 것은 아닌가? 자신도 모르게 동료 동시인들만을 의식하고 작품을 쓰고 있는 것은 아닌가? 독자들이 읽지 않을 작품을 쓰면서 독자들이 읽어 주리라고 막연히 기대하고 있는 것은 아닌가?

그렇다면 동시의 독자는 누구인가?

어린이다. 다음으로 학부모나 교사, 그리고 시에 관심을 가진 어른들이다. 동시인이나 스스로 동시인이라고 생각하는 사람들은 맨 나중이다. 그런데 사실은 차례가 뒤바뀌어 있다는 생각이다.

동시는 어린이나 어른 모두를 독자로 삼아야 한다. 백 번 옳은 말이다. 이 말은 이미 수십 년 동안 귀가 따갑도록 들어온 말이다. 그런데 날이 갈수록 이 말이 어른 독자에다 동시의 초점을 맞추려고 주장하는 이들의 말로 들림은 왜일까? 동시가 아닌 비동시를 쓰는 이들의 자기 합리화를 위한 소리로 들림은 또 왜일까?

어린이가 읽어서 재미없다는(좋지 않다는) 동시는 어른이 읽어도 대체로 재미가 없다. 또한 어른이 읽어서 재미없는 동시는 어린이가 읽어도 재미없다는 반응을 보인다. 한편 어린이가 읽어서 재미있다는 동시는 어른이 읽어도 대체로 재미가 있다. 그러나 어른이 읽어서 좋다는 작품이 어린이에겐 그 반대일 경우가 있다. 따라서 나는 역설적으로 어린이만을 독자로 삼아 어린이가 좋아할 동시를 써야 한다고 주장한다. 이렇게 되면 자연히 어른이 읽어도 좋을 동시가 많이 나올 것이며, 동시인들은 어린이 독자가 많이 생겨 행복한 동시인이 되지 않겠나 하는 것이다. 어쨌든 동시인이라면 자신이 어떠한 자리에 있는지 자주 돌이볼 필요가 있다고 본다.

(『한국동시문학』 2003년 여름호)

시를 쓰는 이라면 얍삽해서는 안 된다

경상도 말로 얍삽하다는 말이 있는데, 마음가짐이 가볍고 자기 기분이나 이익에 따라 마음이 왔다 갔다 한다는 뜻이다. 공부는 내 카페에서 하고 활동은 기존 단체에서 하는 사람을 보면 얍삽하다는 생각이 든다. 왔다 갔다 하는 사람은 얍삽한 사람으로 무리에 어울려 자기를 알리려는 데에 목적을 둔, 또는 그 권위 없는 상이라도 받아볼까 하는 처세꾼이다. 왔다 갔다 노력한 끝에 설령 상을 받는다고 치자. 그게 뭐가 대단한가?

조언 겸 충고하건대 순수한 마음으로 공부에 매진하세요. 반딧불이 불빛 같은 반짝 성과에 만족하지 마시고. 더 높은 곳을 향하려면 더 노력해야 합니다. 노력하지 않고 되는 일이 어디 있나요? 작품 못 쓰는 무리에 어울러 상을 받은들 어디에 쓰려는가. 시와는 100리 밖에 떨어져 있는 사람들에게 자랑하고 싶다면 그렇게 하세요. 출판사에서는 상 받은 이력 보고 동시집 내주지 않습니다. 문제는 작품입니다.

시인은 먹이를 쫓아다니는 물고기가 아니다. 내가 제일 싫어하는 사람이 바로 좌고우면에 능한 얍삽한 사람. 그런 사람은 작품으로나 인간됨으로나 대성하기는 애초부터 글러먹은 이다. 얍삽한 사람, 얍삽한 문학인을 멀리할 것. 얍삽한 말에 솔깃해 하지 말 것.(2006. 4. 10)

자기 자신을 죽이기

자기 작품이 어떤지 깨닫지 못하고 마냥 자아도취에 빠져 있으면 그 사람은 좋은 작품 쓰기와는 거리가 멀다.

자기 자신을 죽일 때 제대로 된 작품이 태어난다.

랭보는 랭보 자신을 죽였다는 말이 있다. 그만큼 작품에 대해 치열했다는 뜻이다.

쉽게 쓰고, 쉽게 만족하고, 쉽게 발표하면, 쉽게 죽는다.

이걸 깨닫지 못하고 아주 태연자약한 인간형의 사람을 보면 안타깝다. 자기 작품에 대해서는 왜 그리 너그럽고 사랑이 넘치는가? 자신을 가혹할 정도로 죽여야 한다. 이것은 나 자신에게 하는 말이기도 하다.(2007. 10. 28)

눈을 크게 뜨고 세상을 보아야 한다

시시한 잡지의 당선도 그렇지만 신춘문예에 당선되었다고 기뻐서 겉으로 마구 드러내는 사람이 있는데, 내가 보기에도 얼굴이 붉어진다.

물론 기쁘겠지만 안으로 조용히 누리는 게 좋다. 그게 자신에게나 남 보기에 좋다.

그리고 당선(추천)이 중요한 게 아니고 오로지 '작품'이다.

남이 봐서 야, 좋구나! 할 정도로 좋은 작품으로 당선되어야지 시시한 작품으로 당선되면 도리어 비웃음거리가 되기 쉽다. 그리고 당선(추천) 이후가 더 중요하다.

당선작이 대표작이 된 이들이 얼마나 많은가. 눈을 크게 뜨고 세상을 보아야 한다.(2007. 11. 9)

봉투 만들기와 동시 쓰기

한 시간 넘게 거실 마루에 쭈그리고 앉아 봉투 만들기를 했다. 100장 넘게 만들었다. 웬 봉투? 궁금증이 들 것이다. 정확하게 말하면 재활용 봉투 만들기다.

나는 우편으로 오는 책을 받을 때마다 조심스럽게 봉투를 뜯어 잘 보관한다. 이렇게 하는 까닭은 봉투를 재활용하기 위해서다. 봉투를 뜯을 때 윗면은 조심해서 뜯어야 한다. 그래야 다음에 재활용하기 쉽다. 재활용하려면 우선 봉투를 펼쳐야 하는데, 납작한 플라스틱 칼끝으로 아랫면과 세로로 길게 이어진 옆면을 조심스럽게 쫙 훑으면 쉽게 펴진다. 그런데 중간에서 찢어지고 마는 것도 있다. 이런 것은 아깝지만 버린다. 이렇게 봉투를 완전히 펼친 뒤 봉투 붙이는 일을 한다. 봉투를 뒤집고 딱풀을 칠한 뒤 딱풀 뚜껑으로 쭉 문지른다. 그러면 잘 붙는다.

이런 노동(?) 끝에 봉투가 만들어지는데, 현재 완성된 봉투가 대 중 소 크기로 한 300장 쯤 된다. 미처 해체 못한 봉투도 100장 정도 되고 해체해 놓고는 만들지 못한 봉투도 꽤 된다. 같은 자세로 마루에 쭈그리고 앉아 100장쯤 만들고 나면 허리가 뻐지근해진다. 그런데도 이 일을 십 년 가까이 한 것은 무슨 별다른 까닭이 있어서가 아니다. 내가 봉투를 재활용한다고 해서 주위 환경이 달라질 것도 아니고 자연 보호가 될 것도 아니지만, 책을 받을 때마다 그냥 부욱 찢어 버린다는 게 왠지 마음에 걸리고 또 그래서는 안 될 것 같다는 생각이 들어서다.

봉투 만드는 이야기를 하다 보니 문득 권정생 선생의 말이 생각난다. 언젠가 나와 전화 통화를 하다가 무슨 이야기 끝에 무심코 내뱉은 말이 있는데, 세상에 대한 실망이랄까, 개탄이랄까, 아니면 문학이 갖는 무력감이랄까, 하여튼 그 모든 것을 아우르는 것으로 들리는 말이었다. 나무람을 들을 각오하고 무단공개하면 이렇다.

"내가 동화를 몇 십 년 썼지만 세상이 달라진 게 하나도 없더라."

꼭 돈키호테 같은 말을 듣는 순간 기가 막혀 나도 모르게 좀 빈정댔던 게 생각난다. "아, 동화 써서 세상이 달라진다면 너도나도 동화만 쓰면 되게. 종교도 못한 일을 동화가 어떻게 해!"하고.

내가 봉투 만드는 일도 이와 같다고 본다. 비유가 적절한지 어떤지 모르지만 설령 내가 죽을 때까지 봉투를 재활용한다 하더라도 무엇이 달라질까? 무슨 일이든 쉽게 달라질 수만 있다면 이 세상에 무슨 문제가 있을까? 내 지나친 추측일지 모르지만 권정생 선생은 문학 따로 세상 따로에 대한 불만을 그런 식으로 털어놓은 건지도 모른다. 권정생 선생의 문학세계와 세상에 바라는 염원을 생각하면 그런 말을 할 법도 하다.

하지만 예술을 실용성으로 따진다면 실생활에 꼭 필요한 것은 아니다. 어려운 수학이나 물리, 화학도 마찬가지다. 문학의 가치를 공리성이나 유용성에서 찾는다면 계몽, 가르침, 사회 비판이 될 것이다. 하지만 문학이 갖는 가치가 이것만은 아닐 것이다. 수단 가치를 중히 여기는 응용과학도 내재 가치를 바탕으로 하는 순수과학의 도움 없이는 불가능하다. 문학이 계몽, 가르침, 사회 비판의 구실을 하는 것도 사실이지만 어느 시인의 말대로 정신의 진정제 구실을 한다는 것도 사실이다.

앞으로 내 동시 쓰기의 의미를 여기에 둔다면, 동시를 읽는 어린이나 어른들에게 맛있는 음식을 먹을 때처럼 또는 음악을 들을 때처럼, 즐거움을 느끼도록 해줘야 할 것이다. 이러려면 내가 목사, 교사, 사회운동가가 아니라 맛있고 영양가 많은 음식을 만드는 요리사나 작곡가가 되어야 할 것이다. 이렇게 말해 놓고 보니 요리사나 작곡가가 된다는 것도 여간 어려운 일이 아닌지라 참으로 난감하다. 갈수록 어려운 동시 쓰기!

(어린이와 문학 2005년 12월호)

잡감(雜感)

  문학엔 계급장 따윈 필요 없다. 문단에서 제 아무리 높은 계급장을 단 이라도 작품이 시원찮으면 외면당한다. 본인이야 전혀 못 느끼겠지만. 이게 문학의 세계다. 문학의 세계에선 철저한 선별과 도태만이 진화로 가는 길이다. 이 세계에선 대학교수니 박사니 하는 세속의 계급장도 필요 없다. 작품 잘 쓰는 사람이 요즘 유행하는 말로 짱이다. 그리고 신인이든 중견이든 중진이든 원로든 작품을 발표하면 똑같은 자리에서 평을 받는다. 문학이란 어찌 보면 냉혹하기도 하지만 평등이란 점에서는 참 좋은 것이다.

  나이 먹을수록 작품 발표하기가 두려워진다. 발표 안하면 두려워할 필요도 없겠지만. 하지만 가만히 있으면 문학적 생명이 끝난 걸로 여겨지겠기에 쉽게 손을 털고 일어서지 못한다. 이래서 비극이 생긴다.

  한꺼번에 10편의 작품을 발표하기는 이번이 처음이다. 상당히 부담이 된다. 생각 끝에 '각 두 편씩 다섯 가지 형태의 작품'으로 구성해 보았다. 요새는 축구선수도 멀티 플레이어야 한다고 했는데, 동시 쓰는 일도 좀 그래야 하지 않나 하는 생각이다. 한 방향의 동시만 쓴다면 우선 쓰는 내가 지겹다. 동시 쓰면서 쓰는 재미도 좀 다양하게 느껴 볼 필요가 있지 않을까? 어떤 시인은 이런 말을 했다. 누구의 시는 작품 한 편만 보면 된다고.

시집 한 권에서 좋은 시 10편이 있다면 그 시집은 성공이란 말이 있다. 그만큼 한 권의 시집 속에서 좋은 시를 보기란 쉬운 일이 아니라는 것이다. 한 해에 많은 동시집이 나오고 있다. 그러나 좋은 동시 10편이 실린 동시집을 보기란 참 어렵다. 양호해야 서너 편, 한 편도 볼 수 없는 동시집도 있다. 자비 출판일수록 상태는 더 심각하다. 지원금 받았다는 동시집도 크게 다르지 않다. 돈 들여 동시집 내고 창피 당하는 꼴이니 속된 말로 뭐 주고 뺨 맞는 꼴이다. 동시집 냈다고 마냥 기뻐할 일만 아니다. 동시집 나오는 그 날이 바로 행복의 절정이자 끝일 수도 있기 때문이다.

어느 시인이 했다는 말이 문득 생각난다.

"언제 우리가 시 팔아먹고 살았나?" 시 팔아먹고 살 수 없음에도 시 팔아먹고 살 수 있는 것처럼 착각하고 살아온 세월이 아깝다. 내가 동시를 쓰면서 미처 깨닫지 못했던 유일한 잘못은, 내 동시를 어린이들이 즐겨 읽고 사랑해 주리라 기대했다는 것이다. 바보들은 이처럼 대단한 착각 속에 산다.

요즘 우리 아동문학계에는 두 부류의 아동문학인이 있다.

첫째는 자신이 지향하는 아동문학만이 바른 것이며, 자신의 견해만이 옳은 것처럼 주장하는, 흡사 재판관 같은 행태를 보이는 아동문학인이다. 이런 부류의 사람을 볼 때면 참 딱하다는 생각이 든다. 오만, 편견, 아집에 수양 부족까지 보는 것 같다.

다음으로 칭찬 듣기 좋아하며 둥글둥글 인간관계에 열심인 이들과(이런 현상은 요즘 진보니 보수니 하는 것과는 전혀 상관이 없다) 작은 성과에 만족하여 자아도취에 빠져 있는 이들, 특정 후배를 자기 영향권에 두려고 그 후배의 작품만 치켜세우는 이들, 문단에서 차지하는 비중을 생각해서 특정 선배의 작품만 치켜세우는 이들, 따위이다.

이런 이들이야말로 동심(순수함)이 없는 속물 아동문학인이다. 작품이 좋으면 처세에 마음 쓰지 않아도 다 알아주게 마련이다. 작품을 인위적으로 치켜세우고 감싸준다고 가치가 인정되는 것도 아니거니와 진실로 위해 주는 것도 아니다. 모든 것은 독자들과 시간이 평가해 준다.

좋은 작품, 아집 없는 평론에 진실로 겸허함을 갖춘 아동문학인, 진정으로 동심을 지닌 순수한 아동문학인을 만나기가 어렵게 돼버렸다. 너나 할 것 없이 모두 이름 내기 위한 수단, 현실적인 이득을 위해 아동문학을 하는 것처럼 돼버렸다. 특히 동시는 동료 동시인들에게 보이기 위해 쓰는 것처럼 돼버렸다. 이 또한 비극이다.

"저 놈의 개 내쫓아라! 저 놈의 개는 평론가니까." 괴테가 한 말이다. 평론가야 작가가 쓴 작품을 가지고 이리 핥고 저리 물어뜯든, 아니면 꼬리 흔들어대며 주인에게 아첨하듯, 자기와 친분이 있는 작가를 위해 머리 꿍꿍대며 온갖 달콤한 칭찬의 말을 해대든, 그건 그들의 업이니까 내 알 바 아니다. 그러나 작가는 오로지 작품으로 말해야 한다. 제발 당신의 말씀만큼 당신의 작품도 그러 했으면 한다. 제발 당신의 이론만큼 작품 보는 눈도 그러 했으면 한다.

"종교는 우리를 위로하지만 시는 우리를 놀라게 하는 것이다."

"시나 예술은 일종의 파괴 행위이다. 현실을 재미나게 꾸미기 위한 파괴이다."

"시의 내용, 즉 사념은 과일 속에 숨겨진 영양가처럼 있어야 한다."

"시는 사상의 정서적 등가물이어야 한다."

"시는 속된 것을 속되지 않게, 따분한 것을 따분하지 않게, 평범한 것을 평범하지 않게 하는 놀라움이다."

"시 한 편을 놓고 그것이 왜 시일 수 있으며, 또 시가 아닌가를 분석하는 방법은 아직 발견되지 않았다. 하지만 강하게 느끼게 하는 것이 있는가 아니면 아무 것도 없는가 이 두 가지다."

시에 대한 이런저런 말씀을 생각하면서 내 10편의 졸작들이 읽는 이들에게 좋은 느낌을 주지 못했다면 그건 순전히 내가 시인의 본분을 소홀히 한 탓이다.

발레리가 시인의 본분은 "시인이 시적 상태를 느끼는 데 있는 것이 아니라 그가 마땅히 해야 할 일은 남의 마음속에 시적 상태를 창조하는 것"에 있다고 했던 말을 되새겨 본다.

우리가 어떤 사람을 시인이라고 알아차리는 것은 그가 독자를 영감을 받은 사람으로 변화시킨다는 단순한 사실 때문이다. 즉 시인에게 중요한 것은 그가 시혼을 가졌다는 사실이 아니라 읽는 사람의 마음속에 시혼을 창조하는지 그 여부인 것이라고 했다.

독자에게 감흥을 주지 못하면서-독자의 마음속에 시혼을 창조하는 효과를 나타내도록 작품을 만들지 못하면서-자기는 영원불변의 시혼을 지녔다고 아무리 주장해도 이는 한낱 웃음거리 밖에 되지 않을 것이다.

랭보는 "뒈져 버려라! 신이여!" 했는데, 작품을 발표해서 도리어 실망감만 주었다면 나는, "뒈져 버려라! 내 시여!" 해야 할 것이다.
그래, 뒈져 버려라! 내 시여!

> 그러니까 그 나이였어……시가/ 나를 찾아왔어. 몰라, 그게 어디서
> 왔는지,/ 모르겠어, 겨울에서인지 강에서인지,/ 언제 어떻게 왔는지
> 모르겠어.
> (파블로 네루다, 「시」)

올해 들어서는 시가 나를 잘 찾아오지 않는다. 왜 찾아오지 않는
지 모를 일이다. 내 마음속이 많이 어질러져 있어서인가. 당분간 정
리정돈에 힘써야겠다.

『시와 동화』 2006년 가을호)

문학은 마라톤 경기

천재는 단거리 선수로 나서도 되지만 범재는 장거리 선수여야 한다. 신춘문예에 몇 군데 당선해도 시간이 갈수록 희미해지는 이가 있다.

등단할 땐 빛을 못 봤는데 나중에 빛을 내는 '대기만성형'이 있는가 하면, 어떤 이는 반딧불이처럼 반짝하다가 사라지기도 하고, 또 어떤 이는 10년도 못 가 소리 없이 스러지기도 한다.

죽을 때 봐야 안다는 말도 있듯이 문학도 그렇다. 문학은 단거리 경주가 아니다.

천재 시인 랭보는 16세부터 20세까지 시를 쓰고 문학과 결별, 상인의 길로 들어섰다. 그리고 시를 읽지도 쓰지도 않았을 뿐더러 그따위 것 왜 하느냐 했을 정도였다. 하지만 랭보 사후 30년에 비로소 그가 천재 시인이었음이 드러났다. 그 전까지는 '상인 랭보'로 주변에 알려졌을 뿐이다.

그러니 지금 당장 당선했다고 해서 좋아할 것도 없고, 낙방했다고 실망할 필요도 없다. 문학상 한 보따리 받고도 작품이 없는 사람이 있는가 하면, 문학상 구경도 못해도 작품이 남은 사람이 있다. 시간이 평가하게 되어 있다. 김소월이 문학상 받았다는 말 못 들어봤다.(2006. 12. 21)

시인과 자기 관리

　(조병화) 선생은 당신 자신의 관리에 철저하셨다.

　늘 메모하는 습관에다 어떠한 약속이라도 철저히 지키셨음은 물론 사람과의 관계에서도 엄하면서도 다정하게 대하셨다.

　시인은 고독해야 한다, 시인은 존재의 집이다, 라고 말씀하시고 타협하지 마라, 비굴하게 살지 마라 말씀하셨다.

　(「편운 조병화의 꿈과 고독」, 박주택, 웹진 대산문화)

작고 시인인 조병화 시인에 대해서는 깊이 아는 바가 없고 있다면 늘 파이프 담배를 애용하셨고, 수십 권의 시집에 많은 저서를 내신 걸로 알고 있다. 그리고 대표작의 하나인 「오산 인터체인지」를 기억하고 있다. 조병화 시인은 시를 어렵게 쓰지 않고 술술 잘 읽히게 쓰셨다. 그런데 이 시인에 대한 박주택 시인의 글을 읽으니, 편안하게 읽히는 작품과는 달리 자기 자신에 대해서는 대단히 철저하셨던 모양이다.(2008. 7. 15)

3

동시 창작과
동시에 대한 생각

동시는 시의 과거가 아니라 시의 미래다

> 동시는 시의 과거가 아니라 시의 미래다. 이 오래된 미래가 바로 시의 꿈이다.(손택수 시인)

문학 장르에서 억울할 정도로 무시당해 온 것이 동시다. 왜 이렇게 되었는가? 숱한 논란이 있을 것이다.

우선 하나만 지적한다면 작품의 질이다. 질 낮은 작품들을 마구잡이로 당선시키고 통과시킨 결과로 자업자득이다. 2000년 이후 그러한 모습이 가시어지고 있긴 하지만 아직도 현실은 그렇지 않다.

그리고 동시라면 '아이들'이나 읽는 것이라며 은근히 무시하려 드는 무식한 이들이 있다. 그들이 일반인이라면 몰라도 성인시를 쓴다는 시인들이 그럴 때는 어이가 없다. 이런 이들은 주로 시 같잖은 시를 쓰는 삼류 시인들이다. 이렇게 된 원인을 또 들추자면 이야기가 길어질 것이다. 요 몇 년 간 동시에 관심을 가지고 참여하는 유능한 시인들이 있어 그나마 다행이다.(2013. 6. 28)

제목이 먼저냐, 내용이 먼저냐

아이가 태어난 뒤에 이름을 짓는 부모가 있는가 하면, 반대로 아이가 태어나지도 않았는데 이름부터 미리 지어 놓는 부모도 있다. 아들이면 이런 이름, 딸이면 저런 이름으로 하겠다는 식으로.

시 창작에서도 그렇다. 제목을 미리 정해 놓고 시를 쓰는 시인. 시를 쓴 뒤에 제목을 붙이는 시인. 그 제목을 다시 또 바꾸어 버리는 시인.

대다수 시인은 제목을 나중에 붙일 것이다. 그러나 때에 따라선 제목부터 정해 놓고 쓸 경우도 있을 것이다. 재밌는 현상은 태어날 때부터 시인인 어린이들은 거의 제목부터 정해 놓고 쓴다는 것이다.

내 경우는 어떠냐?

　시상이 떠오르면 우선 제목부터 걸어 놓을 경우가 많다. 사실 그 것은 제목이라고 하기보다 시상이 달아나지 못하게 수갑 구실을 하는 단어다. 하지만 퇴고를 거치는 동안에 시상과 내용에 변화가 있기 마련이고, 따라서 처음 정한 제목이 내용에 부합하지 않는 경우가 많다. 이때 새로운 제목을 계속 붙이게 되는데, 그러다 보면 최종 제목이 나오게 된다.

　그러니까 첫 제목은 시의 핵심어인 셈인데, 시의 단초인 시상(착상, 발상)을 한마디로 대신하는 대명사라 할 것이다. 제목 부여→ 내용 쓰기 → 새로운 제목 부여 → 내용 변화 → 새로운 제목 부여 → 퇴고 완료→ 제목 최종 결정. 이런 차례라고 보면 된다.

　어쨌든 이 문제는 개인의 취향, 작품 내용, 시상의 변화에 따라 변수가 많으므로 꼭 이러해야 된다고 볼 수 없다. 내용을 함축할 제목을 찾으면 의외로 시가 빛나게 된다.

　시집 제목 중에서도 특이하면서도 시세계를 압축, 상징적으로 표현한 제목을 꼽으라면 단연 샤를 보들레르의 『악의 꽃』이라고 말하고 싶다. 사범학교 시절 세계사를 배울 때 이 시집 제목만 머리에 대못처럼 꽉 박혀서 잊히지 않았다. 그런데 그때 시는 한 편도 읽어보지 못했다. 시집을 구할 수도 없었거니와 구해도 제대로 이해하지 못했을 것이다. 이런 멋진 제목의 시집을 내고 싶은 게 내 꿈이다. 동시로는 불가능하겠지만.(2018. 11. 28)

동시와 부호에 대해

동시를 공부하는 이가 내게 한 질문, '동시와 부호'에 대해 내 생
각을 말해 봅니다.

질문 : '문학동네' 동시집에서 나온 동시들은 온점(.)을 안 찍었더
군요. 저는 온점이 없으니 어떤 시는 매끄럽고, 어떤 시는 어떻게 읽
어야 할지 고민이고, 온점을 빼는 게 어떤 이유일까요? 굳이 시에 온
점을 찍을 필요는 없는 것입니까?

대답 : 시에서 부호를 사용하고 안 하고는 개인 취향이나 의도 때
문이라고 봅니다. 부호를 사용하면 시가 끊어지는 느낌이 들고 딱딱
하게 보일 때가 있지요.

성인시에서는 일찍이 이상의 시에서 부호를 사용 안 한 것을 볼
수 있고, 동시에서는 90년대에 극히 일부 동시집에서 볼 수 있었지
요. 그런데 동시에서는 어린이들을 생각해서 부호를 써야 한다고 이
오덕 선생이 말씀을 하셨고, 최근에 신현득, 서정홍 시인이 주장했습
니다. 물론 어린이들의 국어 교육을 염두에 둔 교육 목적에 따른 주
장이라고 봅니다. 하지만 이 점에 대해선 논란이 있을 수 있습니다.

그래서 내 생각을 밝힙니다.

동시에서 꼭 부호를 사용해야 한다고 주장하는 쪽은 국어 교육을
염두에 둔 주장이고, 부호 사용을 안 해도 된다고 주장하는 쪽은 시
가 갖는 특수성을 염두에 둔 주장이라고 봅니다. 사실 시의 내용이

나 성격에 따라 꼭 부호를 써야 할 경우도 있지만, 쓰면 어색하거나 맛이 떨어지는 경우도 있습니다. 따라서 이 문제는 법조문처럼 딱 잘라 규정할 것은 아니라고 봅니다.

그런데도 부호를 꼭 사용해야 한다고 우기고 주장한다면 '그건 당신 생각이고, 주장'일 뿐이라고 말할 수 있겠지요. 누가 법으로 정해 놓기라도 했습니까?

시는 특성상 다른 문학 장르와 달리 부호에 대해 규제할 수도 없고, 규제 받아서도 안 된다고 봅니다. 동시도 마찬가지라고 봅니다.

시에서는 부호도 엄연한 시어니까요. 따라서 어떻게 하면 내용을 효과적으로 보이게 할까 하다 보니, 부호를 빼기도 하고 넣기도 하는 것입니다. 사실 부호를 빼면 시의 흐름이 시원하고 딱딱한 느낌은 들지 않습니다. 그러나 자칫하면 문맥에 혼란을 줄 우려도 있습니다. 이런 것은 시를 쓰는 본인이 판단해서 결정할 문제라고 봅니다.

내 경우는 이렇습니다. 초기엔 부호를 다 썼고, 이후엔 작품 마지막에만 온점을 썼습니다. 그러다가 아예 부호를 쓰지 않았는데, 특별한 경우에는 부호를 쓸 겁니다. 기계적으로 부호를 쓰거나 안 쓸 게 아니라 시의 성격이나 형식을 고려하여 결정해야 할 것입니다.(2010. 7. 10)

다시 생활동시에 대하여

시는 단순한 '재현'이 아닌 '표현'하고자 하는 것이 있어야 한다. 생활동시(삶의 동시)라고 하여 단순한 재현에만 그친다면 생각해 볼 점이다.

생활 반영론에 해당하는 동시들이 거울이나 사진처럼 단순히 반영하고 재현하는 데만 머문다면 예술성이 떨어진다. 루카치의 말대로 단순한 반영이어서는 안 되고 세계 내로의 창조적인 개입이 있어야 한다.

나는 작품에서 창조성이 많이 보이면 보일수록 좋은 작품이라고 생각한다. 생활동시라고 하여 그냥 어린이들이 쓴 시처럼 단순히 어떤 일의 재현, 서술에만 그친다면 '어린이시'보다 감동은 물론 읽는 재미도 떨어질 것이다. 그런데 발표되는 생활동시를 보면 대체로 그냥 단순한 재현에만 머물고 있다. 그러다 보니 소재에 맞춰 기술하듯이 쓰고 있다. 이런 식으로 쓴다면 시 쓰기에 무슨 어려움이 있으랴.

여기에 견주어 사물을 대상으로 한 시는 사물의 발견, 새로운 인식에 있다 보니 도리어 쓰기 어렵다. 동시 쓰는 이들이 이것을 모르고 별 가치도 없는 일상생활 속의 일회용 우스개나 싱거운 에피소드 같은 이야기를 아이 목소리로 서술만 하면 동시가 되는 걸로 착각하고 있다. 이건 시가 아니다.

　생활동시가 되려면 시 속에 생활 감동이 담겨 있어야 한다. 그것이 없다면 평범한 산문에 불과할 수 있다. 그리고 시에 서사(이야기)가 담긴 이야기시는 생활동시와는 또 다른 것인데 사건적인 것이 담겨 있어야 한다.(2007. 1. 25)

언어유희와 말놀이 동시

아래 작품은 유치원 단계에 있는 어린이를 위한 말 익히기 동시라 하겠다. 이런 동시는 내용이 엉뚱하고 무의미에 가까우나, 운율이 있어 말 익히기 단계에 있는 어린 아이들에게 필요하다고 하겠다.

사자야 사자야
서커스 사자야
마술사 엉덩이를 왜 물었어?
엉덩이가 사과니?
엉덩이가 사탕이야?
사자야 사자야
마술사 엉덩이를 왜 물었어?
(「사자」, 최승호)

이 시는 '시옷'을 익히게 하기 위한 목적을 가지고 있다. 그래서 '시옷'이 들어간 단어를 동원하고 있다. 사자, 사과, 사탕, 서커스가 그러하며 그 단어를 반복해서 쓰고 있다. 그런데 이러한 목적을 밖으로 전혀 드러내지 않았기에 말놀이 동시로서 성공했다고 본다.

최승호 시인의 말 익히기 『말놀이 동시 1』은 '말놀이 동시' 류의 시집으로서는 우수한 동시집이라 하겠다. 이를 배타적으로 생각하면 곤란하다. 이래서 동시만 쓰는 동시인들은 보수적이라는 비판을 듣는다. 동시라고 하면 어느 유형 한 가지만 생각하는데, 이는 동시 문학을 아주 협소하게 하는 것으로 동시를 폭넓게 보려는 생각에 장애만 될 뿐이다.

성인시와 달리 동시는 독자의 폭이 아주 넓기에(연령대가 넓다는 것) 자연히 용도도 다양할 수 밖에 없다. 최승호 시인의 문제는 '말놀이 동시'를 계속 양산한다는 것인데, 이는 자기 작품의 모방이 될 우려가 있다. 사실 이런 말 익히기 '말놀이 동시'에 지나치게 맛들이면 상투성에 빠지기 쉽다.

최승호 시인의 『말놀이 동시 1』에 대해 기존 동시단 사람들은 폄하를 했는데, 나는 참 같잖다는 생각이 들었다. 사실 이런 동시집도 필요한데 왜 기존 동시인들은 못 쓰고 성인시인이 썼느냐 하는 것이다. 이것은 그만큼 우리 동시인들은 사고가 굳어져 있고 상상력이 빈곤하다는 것이다. 나는 이런 점에서 사고의 패러다임이 필요하다는 것이다. 『말놀이 동시 1』은 어른 독자들의(내 짐작으로는 유치원 아이들을 가진 부모) 호응을 받아 짧은 기간에 10만 부 가량 팔린 걸로 알고 있다. 동시집으로 이만큼 팔린 것은 초유의 일이다.

10년 전에 나온 위기철의 동시집 『신발 속의 악어』도 상당한 판매량을 가진 걸로 알고 있고, 지금도 소리 없이 팔리고 있는, 스테디셀러인 걸로 안다. 이 동시집을 기존 동시인들이 우습게 아는 걸 보고 나는 '동시인들은 틀렸다' 했다.

만날 그렇고 그런 동시만 보고 살아서인지 머리가 굳어 버렸다. 최승호 시인의 『말놀이 동시』나 위기철의 『신발 속의 악어』 같은 것은 사실 동시인들이 먼저 써야 했다. 그런데 선수를 뺏긴 것이다. 나부터 머리가 굳어서이다. 그리고 이런 동시집이 나와서 성공한 것은, 성인문학이 아니고 아동문학이기에 가능했던 것이다. 성인시에서는 가능하지 않는 영역이 동시에서는 가능한 영역이 바로 '말놀이 시' '이야기 시'인 것이다. 동시의 특성상 동시의 영역이 좁기도 하지만, 한편으론 성인시에서는 불가능한 영역이 동시에서는 가능하다. 이런 점을 잘 살려 아이들이 좋아할, 아이들에게 필요한 동시를 쓰는 데 힘을 기울여야 한다. 만날 동시인들끼리나 보는 그런 동시에만 매달려 있지 말고.

본래 자신에게 낯선 것은 배타적이기 쉬운데, 극력 경계해야 한다. 배타적인 이들은 낡은 것에 깊이 중독된 이들이다.(2008. 6. 28)

동시에 할머니가 나오는 시

어떤 동시집을 보면 화자인 아이가 우리 할머니 어쩌고 하면서 신분이 도시에서 폐지 줍는 할머니였다가, 또 어느 작품에선 농촌에서 농사짓는 할머니로 나오는 걸 본다. 시집 안에서 이렇게 우리 할머니의 신분이 다르니 어색하기 그지없다.

이건 시인들이 동시를 쓰기 위해 할머니들을 소재로 삼은 까닭이다. 이런 할머니 이야기에 정서적으로 공감할 아이가 얼마나 될까. 어른들은 관심을 가질지 모르지만.

그리고 왜 동시의 소재가 자기 집안에만 머물러 있어야 하는가? 가정을 벗어나 세계를 보려는 눈은 없는가? 작자가 자기 부모에 대한 것을 소재로 쓰려니까 그런 현상이 일어나는 것이다. '우리 할머니'는 사실 작자의 어머니인 것이다. 자기 어머니에 대한 이야기를 쓰려니 동시로는 곤란, 어쩔 수 없이 손자인 척 쓰게 되는데, 이게 여간 어색하지 않다는 것이다. 그냥 일반화시켜 쓰든지 아니면 객관화시켜야 할 것이다.(2011. 11. 29)

동요 「섬집아기」에서 '섬집'이라는 말

섬집이란 말은 없다. 조어다. 그런데 참 잘 지었다는 생각이다. '섬집' 섬에 있는 집. 섬에 있는 작은 외딴집이 머리에 떠오른다. 그래서 시정(詩情)이 물씬 풍긴다.

섬집, 섬집, 되뇌일수록 참 아름답다는 느낌이다.

섬집이라 안 하고 달리 했다면 이 동요의 맛은 반감되었을지도 모른다. 시에서 시어 하나가 갖는 무게를 실감한다. 한인현 동요시인 은 「섬집아기」란 작품 하나만으로 자기 꿈을 이루었다고 본다.

(2008. 2. 12)

엄마야 누나야에 대해

　　엄마야 누나야 강변 살자.
　　뜰에는 반짝이는 금모래빛.

　　학교 다닐 때 이 시를 읽고 얼른 이해가 가지 않는 시구가 '강변 살자'였다.

　　강변 살자라니! 알 것 같기도 하면서 한편으론 아리송했다. 이 시구가 두고두고 머리에 남아 거치적거렸다.

　　얼마 전에 어떤 이에게 물었다. '강변 살자'가 무슨 뜻인지 아느냐고? 그도 어리둥절했다고 했다. '강변 살자'는 문장으로 따지면 비문이다.

　　엄마야 누나야 '강변(에서) 살자' 인데, 시에서 운율을 생각하다 보니 강변 살자가 된 것이다. 시에서 '에서'를 빼버린 것이다. 안 빼면 운율이 안 맞아 시의 맛이 죽어버리기 때문이다.

　　이런 경우 '시적허용'으로 치부할 수 있다. 하지만 비문임에는 틀림없다.

　　"여보, 우리 수원 떠나 안동 살자, 혹은 안동 살면 어때?" 하면 누구든 어색하게 여길 것이다. 이건 말로 해도 이상하고 글로 써도 이상하다.

　　그러나 "여보, 우리 안동에서 살자, 안동에 가서 살자, 안동에서 살면 어때?" 하면 조금도 이상하지 않다.

'강변 살자'는 시에서 운율을 살리고 맛을 살리기 위해 어쩔 수 없었던 선택이었다고 본다. 그러나 이 시를 처음 읽는 이들에겐 '강변 살자'가 두고두고 고개를 갸우뚱하게 하게 하는 시구가 될 것이다.

어쨌든 김소월의 「엄마야 누나야」는 '명시'가 되었지만, 무조건 자수만 생각하거나 운율만 생각하다가, 시에서 의미를 놓치거나 이치에 맞지 않게 쓰면, 시도 안 되고 지적만 호되게 받게 되니 생각해 볼 점이라고 본다.(2007. 5. 27)

아이들은 공감각이란 것 몰라도 시만 잘 쓰더라

동시에서 공감각이 어떻고 저떻고 하는데, 동시에 공감각이 그렇게 중요한가? 참 한심하다는 말밖에 안 나온다. 비유나 공감각을 잘못 쓰면 안 쓰느니만 못하다. 발표되는 동시에서 보면 비유가 맞지 않는 게 부지기수다.

아이들이 쓴 시를 보라! 그들이 시작법, 수사법을 알아서 그렇게 비유를 적절하게 잘 쓰나? 공감각이 어떻고, 은유가 어떻고, 유식한 체 하는 동시인이나 아동문학평론가라는 이들을 보면 속으로 비웃는다.

시는 시작법으로 써지는 것이 아니다. 그렇다면 대학에서 시론이나 시 창작 강의하는 교수들이 시를 제일 잘 써야 할 게 아닌가? 이 말은 창작은 이론대로 되는 게 아니라는 거다.

이론으로 시가 써지는 것이 아니다. 특히 공감각이니 은유니 하는 따위는 동시에선 필수적이 아니라는 것이다. 직유만 잘 써도 충분하다. 비유가 부적절하거나 엉터리로 쓴 동시가 참 많다.

정주영은 서울대 경영학과를 안 나와도 최고의 경영자요, 사업가

였다. 권정생은 초등학교만 나왔는데도 동화, 동시 잘 썼다. 권정생이 소설작법이나 동화작법 읽는 것 못 보았고, 또 그런 책 읽었다는 소리 한 번도 못 들었다. 러시아의 고리키도 마찬가지였다. 소설을 쓰려면 좋은 소설에서, 시를 쓰려면 좋은 시에서, 창작법을 터득해야 할 것이다. 그리고 많이 읽고 많이 쓰는 게 지름길이다.(2008. 4. 1)

강아지
  -청도 덕산 5학년 김지영

우리 개가 강아지를 낳았다.
눈은 초승달
몸을 동그랗게 말고
얌전히 누워 있다.
엄마가 혀로 털을 곱게 핥아 주면
가만히 있다.

강아지는 젖꼭지를 찾아
꼼지락 꼼지락
파고들어간다.
침을 질질 흘리며

엄마 젖을 빨아먹는다.
엄마개는 강아지를 보며
"많이 먹고 많이 커라."
이러며 핥아 준다.
구름도 지나가다

빙긋이 웃는다.

(『요놈의 감홍시』 어린이시선집)

관찰력이 여간 아니다. 제대로 보지도 않고 개념적으로 쓴 동시에 견주면 이 아이야말로 진짜 시인이다. 어린이는 그저 "우리 개가 강아지를 낳았다."고 바로 말하는데, 어떤 동시인은 "우리 복실이(개)가 아기를 낳았다."고 쓴 걸 보았다. 웃을 일이다. 또한 "엄마가 혀로 털을 곱게 핥아 주면"이라고 썼는데, 새끼를 가진 짐승에게 쓰거나 간혹 사람에게도 쓰는 어미라는 말을 아이는 몰라 엄마라고 했다. 3연 3행부터는 의인화하여 표현을 하고 있다. 아이가 심정적으로 그렇게 느낀 것이다. 아이의 따뜻한 마음을 볼 수 있다. 의인화도 상황에 따라, 적절하게 사용해야지 무턱대고 사용하거나 도를 넘으면 어색해지고 거슬리게 된다. 의인화도 비유의 일종이라 시에서 비유가 적절치 못하면 도리어 치명적인 결함이 된다는 것과 같은 이치다.(2009. 3. 29)

아이들 중에는 '좋지 않은 동시'에 더럽혀져 시를 상투적으로 틀에 꿰맞추어 쓰는 아이들도 많지만 반면에 그렇지 않은 아이들이 쓴 좋은 어린이시를 읽으면 재미가 있다.

까닭은 이렇다.

단순 소박 명쾌해서.

쓸데없이 수식하지 않아서.

공허하지 않아서.

관념적이지 않아서.

사변적이지 않아서.

요설이지 않아서.

위선적이지 않아서.

설교가 없어서.

아는 척 하지 않아서.

삼류 도사 같은 모습을 보이지 않아서.

억지스럽지 않아서.

유치하지 않아서.

요리조리 꾸미지 않아서.

청신한 상상력이 보여서.

솔직하게 정직하게 사실적으로 써서.

도서관에 가서 시집이 많이 팔린 상태를 발간 부수로 살펴보면
이렇다.

1. 좋은 성인시집이나 시선집은, 무려 몇 십 쇄 찍은 것이 자주 눈
   에 띈다.
2. 어린이들이 쓴 시 모음은, 십 쇄 이상 찍은 것이 있다.
3. 동시집은, 일부 동시집 외에는 먼지 덮어쓰고 있었다.

   (2009. 7. 30)

아이들이 쓴 시에서 배우고 깨닫기 3

나는 아이들이 쓴 시, 아이들이 쓴 시를 모은 시집 속의 시를 동시보다 더 즐겨 읽는다. 이런 시집의 아이들 시에서 많은 감동을 받는다. 아이들이 쓴 시를 읽으면 어색함이나 공허함이 느껴지지 않는다. 아이 자신의 삶이 그대로 깊게 녹아 있기에. 오늘 아침에도 카페에서 '어린이시' 방에 올라와 있는 아이 시를 읽고 또 한 번 그런 느낌을 받았다.

내게는 여러 권의 어린이시집이 있다. 나는 때때로 이 어린이시집에 있는 아이들의 시를 읽으며, 그들처럼 시를 써보려 하나 그렇게 쓸 수 없다는 것을 깨닫는다. 아이들은 자신의 이야기, 자신의 삶을 시에다 그대로 옮기면 되나, 나는 그렇게 할 수 없다. 어른인 나 자신의 이야기나 삶을 그대로 옮기면 그건 동시가 될 수 없기 때문이다. 이게 동시(동시인)가 지닌 한계요, 숙명이다. 그러나 아이 마음, 아이 눈으로 이 세상을 볼 수는 있기에, 오래 전에 잃어버린 아이 마음, 아이 눈을 다시 찾으려고 어린이시를 즐겨 읽는 것이다.

내가 아이들처럼 시를 쓸 수만 있다면…. 그게 내 꿈이다. 이런 이룰 수 없는 꿈을 위해 오늘도 컴퓨터 앞에 앉아 시를 끼적이는지 모른다. 아이들은 타고날 때부터 시인이다. 시를 어떻게 써야 하는지를 배우지 않았지만 선천적으로 체득한다. 태어날 때부터 시인인 아이들의 시를 통해 동시 쓰기를 배워야 하지 않을까 한다.

이사 가는 집
　-오색 초등 5년 이수연

일주일 하고 조금 더 있으면
이사 가는 집
마당 한 구석에
벚나무를 심었다.
대야에 물이 꽉 차게 넣어서
물을 줬다.
지금 있는 집
큰 벚나무에
꽃이 피면 이뻤는데.
동그랗게 꽃이 피면
밑에 집 아줌마가 와서
쳐다보고 그랬는데.
꽃 속에 있는 집 같았는데.
이 나무도 그렇게 피겠지.
나무를 심으니
허전하던 집 마당이 꽉 찼다.
선생님, 우리 집에 구경 오세요.

　이 시를 읽으면 아이의 구체적 행위, 사실, 장면을 통해 아이의 고
운 마음씨를 생생하게 맛볼 수 있다. 구체적 행위가 있는 시는 그렇

지 않은 시보다 훨씬 감동을 준다. 상상력이란 것도 이런 구체적 행위를 바탕으로 발휘하지 않으면 공허할 수밖에 없다.(2009. 9. 26)

어떤 동시인의 말

모 동시인이 모 잡지에다 길게 쓴 '시인의 말'을 읽다가 문득 이런 생각이 들었다. '시인의 말'에 앞서 그 동시인의 작품 10편을 보았는데, 미안한 말이지만 실망스러웠다. 그런데 '시인의 말'에서 자기 작품에 대한 변이랄까 주장을 늘어놓은 것은 좋은데, 작품 따로 주장 따로라는 생각밖에 안 들었다.

이 주장이 자기주장으로 끝나면 좋은데, 주장 뒤에 꼭 남을 비난하는 식의 비판이어서 그게 거슬렸다. 하기야 요새는 성적이 중간치밖에 안 되는 학생이 다른 학생에게 공부 그렇게 하면 안 된다고 훈계하는 식의 세상이니까. 그대나 잘했으면 딱 좋겠다는 생각이 들었다.

작품이 신통찮은데 주장만 하면 뭐 하나?

작품이 실망스러우니 그 동시인의 주장은 자연스레 읽고 싶지가 않았다. 그래서 몇 줄 읽다가 말았다. 그리고 그 몇 줄에 나타난 주장도 참으로 공허하게 들려 자신을 참 모르는 분이구나 하는 생각이 들었다. 작가는 자기주장을 작품으로 보여 주는 것이지, 그냥 말(이론)로 하는 것이 아니다.

이론은 원론적인 것이기에 이의가 있을 수 없다. 메주는 콩으로 써야 한다고 주장하면서 막상 본인은 팥으로 메주를 쑤고 있다면 누가 그 사람의 말에 귀를 기울이겠는가?

작품이 안 되면 침묵하라! 웅변을 토하고 싶으면 웅변에 걸맞은 작품을 보이라. 그렇잖으면 "나는 시를 이렇게 써야 한다고 생각하고 썼는데, 내 뜻에 맞게 시가 씌어졌는지 자못 걱정이 된다." 이렇게 겸손하게 말하는 게 좋다. 겸손하지 않는 동시인들이 참 많다. 또한 그들은 용기도 없다. 용기와 겸손은 동어이다. 왜 그런지 모르면 『논어』를 보라.(2014. 3. 25)

동시집을 읽을 때 유념해야 할 것은

동시집을 읽을 때 활자가 가진 마력에 빠지지 않도록 조심해야 한다.

무슨 말이냐 하면 활자란 묘해서 사람 눈을 흐리게 하는 마력을 갖고 있다는 것이다. 동시집은 더욱 그렇다. 그림과 활자가 묘하게 작품을 분칠하는 구실을 한다. 예컨대 작품을 백지에다 손으로 쓴 것보다 활자로 된 것을 보면 작품이 한결 좋아 보이는 것과 같은 이치다. 착시 현상 때문이다.

나는 동시집을 받을 때마다 이런 경험을 종종 한다. 그리고 이런 경험을 사람에 빗대어 말한다면, 낯선 사람을 처음 대할 때 나도 모르게 흥분 상태에 놓이게 되는 것과 같다고나 할까. 따라서 첫 대면에 대한 평가는 비평으로 치면 극히 인상비평일 수밖에 없다. 그러나 두세 번 만나게 되면 처음과는 다른 침착, 냉정함 가운데 상대를 바라볼 수 있게 되어 처음에 받았던 인상은 수정될 수 있다.

동시집을 보는 눈도 이와 같다고 하겠다. 따라서 이런 착시 현상, 즉 외적인 것이 주는 홀림에 빠지지 않기 위해서는(작품집이 주는 첫 번째 느낌에 빠지지 않기 위해서는) 냉정함을 가질 시간이 필요하다. 그러려면 동시집을 처음 읽은 뒤 어느 정도 시간을 두고 다시 읽지 않으면 안 된다. 그러면 처음에 느꼈던, 혹은 내렸던 평가와는 다른 느낌이나 평가를 가지게 된다. 그리고 자신이 좋게 평가했던 작품만을 가려 다시 읽어 볼 필요가 있다. 그러면 뭔가 또 느끼는 것이 있을 것이다.

활자가 주는 감각적 끌림에 빠져 작품을 그릇 판단하거나, 또는 상대 작가에 대한 사적 감정이나 배타적 심리, 혹은 자기 취향에 의해 작품을 보는 눈을 흐리지 않으려면, 이런 냉정함을 갖는 시간이 필요하다. 특히 말재간 부린 동시를 읽을 때는 더욱 그렇다.

(2009. 8. 14)

동시와 의도의 오류

　'의도의 오류'란 말이 있다. 작자의 의도와 작품에서 독자가 받아
들이는 그 작품 자체의 의도와는 다를 수가 있는데, 그것이 달라져
서는 안 된다고 우기는 것은 잘못이라는 뜻이다. 이 말은 미국의 신
비평가들이 하고 있는 말이지만 이제는 너나 할 것 없이 다 알고 있
는 말이기도 하다.

　독자란 천차만차의 식별 능력을 가지고 있기 때문에 어떤 독자
(비평가)가 자기 작품을 두고 무슨 말을 했다고 하더라도 심한 경우
가 아니라면 묵살하는 것이 좋다.

　(『의미와 무의미』, 김춘수, 문학과지성사, 1976)

　많은 동시에서 발견되는 '의도의 오류'는 성인시처럼 내포(함축이
나 상징)에서 오는 것이 아니라 표현의 미숙, 지나친 비약 등, 동시의
특성을 바르게 이해하지 못한 데서 온다. 그리고 상상력이라고 하
니까 공상에 가까운 주관적인 상상을 구사하는 데서 발생하기도 한
다. 어른 독자도 이해 못할 비유나 상상을 구사하는 것은, 극히 개인
적인 공명심 취향으로, 동시문학의 일차독자인 아이들을 잊어버린
데 있다. 이런 요소들을 제거할 때 어린 독자가 읽는 동시가 될 것이
다.(2007. 7. 16)

동시인들과 편견

80년대에 아이들(어른들)의 삶을 그린 동시를 보고 문단 동시인들이 이구동성으로 한 소리가, "시가 아니라 산문이다"하며 폄하하거나 심지어는 "아이들 글짓기 작품" 같다고 했다. 사실 일부 작품은 그렇기도 했다.

그러나 오로지 자기들의 단골 소재인 '자연'이나 '계절'을 개념으로 피상으로 그린 동시만 동시라고 고집한 것은 큰 폐단이다. 지금도 마찬가지다. 천편일률적인 그런 작품을 읽으면 맛이 없어 읽고 싶지 않다. 아니면 유치한 수준이다. 그러니 누가 읽겠는가? 누가 그런 동시집을 출판해 주겠는가? 설령 출판사에서 내준다고 해도 누가 사 보겠는가?

여러 빛깔의 동시를 써서 아이들에게 주려고 해야 한다. 이런 유형의 동시는 안 된다는 생각을 버려야 한다. 문제 삼을 것은 오로지 하나, 작품성과 완성도인 것이다.

보들레르와 랭보에 대해 그 당시 문단은 냉담했다. 그런데 그 후 어떠했는가? 화단에서 고흐를 알아주었는가? 그런데 그 후 어떠했는가?

남의 흉내를 내거나 남의 뒤만 따라가서는 안 된다. 나만의 길로 가려고 하되 좋은 작품을 쓰도록 해야 한다. 특히 신인은 뭐니 뭐니 해도 작품이 신인다워야 한다. 새로워야 한다.(2008. 6. 26)

선배 시인들의 동시 600여 편과 모 유명 작고 시인의 시선집을 읽고

어제 선배 동시인들의 동시 600여 편과 모 유명 작고 시인의 시선집을 읽었다.

1977년에 '어문각'에서 발간한 『신한국문학전집』 39권에 실린 동시인 76명의 작품이었다. 읽는 재미가 없어서 어떤 작품은 몇 행만 읽고 건너뛰어 읽기도 했다.

그래서 읽고 깨달은 것, 결심한 것이 있다. 한 편을 남기기도 참 어렵다는 것. 나는 절대로 '그런 식'으로 쓰지 않겠다는 것. 그러면 '그런 식'이 어떤 식이냐? 천편일률적이라는 것.

다음으로 이름만 대면 금방 알 모 유명 작고 시인의 시선집을 읽었는데, 5편 정도가 눈에 띄었다. 이것도 이런저런 이들이, 또는 책에서 좋은 작품으로 꼽은 것을 포함해서다. 다 읽고 느낀 소감은 한마디로 평생 '시업'에 종사해도 몇 편의 시를 남기기도 어렵다는 거였다.(2008. 7. 14)

눈을 크게 뜨고 세상을 보자

모니터 화면으로 시를 읽는 것과 활자로 읽는 것과는 큰 차이가 있다. 나는 금년 초부터 좋은 시(동시는 제외)를 보면 필사해 놓기로 했다.

얼마 전에는 도서관에서 시 전문지를 보다가 좋은 시가 눈에 띄어 옆에 있던 여학생에게 필기구를 빌려 필사를 했다. 그리고 집에 돌아와 다시 공책에 옮겼다. 공책에 시가 한 편 한 편 모아질 때마다 은행 통장에 돈이 모이는 것처럼 기분이 좋았다. 현재는 『체 게바라 시집』을 읽으면서 필사하고 있다. 노트에 필사해 놓은 시 한 편 소개한다.

참된 삶
-체 게바라

북미의 백만장자가
되는 것보다
차라리,
문맹의 인디언이
되는 게 낫다

혁명가다운 기개가 보이는 시다.

"아재야, 동시 동화 쓰는 거 대단한 것 아니래." 권정생 형이 내게
하던 말이 귀에 쟁쟁하다. 눈을 크게 뜨고 세상을 보자.(2009. 8. 12)

일급 시인의 동시에 대한 고민

"지난 일 년 간 동시집은 손에서 놓지 않고 쉬지 않고 읽었습니다만, 거의 쓰지는 못하였습니다. 점점 더 동시가 어렵다는 생각이 들고, 그래서 어떻게 써야 할지 막막하기만 합니다. 좋은 동시를 읽을 때면 기쁘기도 하지만, 그런 동시를 따라갈 수 없을 것 같아 우울하기도 합니다."

아침에 카페에 출근하니 쪽지가 와 있었다. 뜻밖에도 우리 카페의 특별회원인 송찬호 시인이 보내 온 쪽지였다.

송찬호 시인은 어떤 시인인가? 아는 분들은 잘 아실 것이고, 모르는 분들은 검색해 보면 될 것이다. 성인시를 쓰는 일급 시인으로 동시에도 관심을 가져 첫 동시집 『저녁별』을 내어 주목받은 분이다.

그런데도 동시집을 손에서 놓지 않았다고 했으며, 동시에 대해 고민하고 있음을 토로하는 겸손을 보이고 있다. 지망생은 물론 기성들도 이런 자세를 좀 본받았으면 하는 마음에서, 쪽지글 일부를 사전 허락도 얻지 않고 소개했다.

일급 시인은 그냥 되는 게 아니다. 시를 잘 쓰는 이들은 고민하면서 읽고, 쓰고, 초심자일수록 읽기에 등한히 한 채, 무턱대고 쓰기만 하는 게 아닌가 한다.

심마니들이 산삼을 찾아 온 산을 헤매듯이, 우리는 좋은 시(시집)와 동시(동시집)를 찾아 열심히 읽고, 고민하며 써야 한다.(2012. 8. 16)

시인학교 동시반 학생 분석

시인학교에는 반이 세 개 있다. 성인시반, 시조시반, 동시반. 나는 동시반 학생이므로 동시반에 대해 몇 마디 하려고 한다.

동시반에는 별별 학생이 다 있다. 분류하면 이렇다.

1. 입학하자마자 힘에 겨워 휴학계를 내는 학생
2. 나쁜 성적으로 입학했으면서 좋은 성적으로 입학한 것처럼 착각하는 학생
3. 입학 할 때는 성적이 좋았으나 기초 실력 부족으로 점점 뒤로 밀리는 학생
4. 초기 성적이 상위였다고 내내 그걸로 버티려는 학생
5. 초기에는 성적이 보통이었으나 열공하여 갈수록 성적이 좋아지는 학생
6. 초기 성적을 꾸준히 유지하고 있는 학생
7. 학원에서 공부한 덕으로 입학은 했으나 자기 실력을 못 갖춘 학생
8. 공부는 안 하고 동아리 활동에만 관심이 많은 학생
9. 선배가 어떤 사람인지 모르고 선배에게만 잘 보이면 된다고 여기는 학생
10. 공부 열심히 할 생각은 안 하고 남이 상을 받으면 부러워하는

학생

11. 상 받아볼까 하고 동아리에 들어가 선배에게 알랑거리는 학생

12. 동아리에만 들어가면 다른 학생들이 알아주겠지 하는 학생

13. 운이 좋아 입학한 학생

14. 작품도 못 쓰면서 자기 작품 낭송하고 싶어 안달인 학생

15. 누가 상을 받든, 잘난 척하든, 관심 두지 않고 혼자 꾸준히 공부하는 학생

16. 책 대신 외모 가꾸기에만 관심이 있는 학생

17. 입학했다고 친구 사귀기에만 관심이 많은 학생

18. 공부도 못 하면서 입으로는 우등생인 것처럼 떠드는 학생

19. 시험 문제도 제대로 이해 못 하면서 답을 맞히려는 학생

20. 동시반에 입학하고는 싶으나 용기가 없어 창문으로 들여다보기만 하는 학생

생각나는 대로 쓰고 보니 별별 학생이 다 있구나. 나는 15번 학생과 친구하고 싶다.(2013. 8. 24)

이 정도 씨와 사귀지 마세요

이 정도면 되겠지요?
아니요.
이 정도면 되겠지요?
천만에요.
이 정도면 되겠지요?
아직 멀었어요.
이 정도면 되겠지요
아직도 멀었어요.

동시 쓰는 그대여!
추천 받았다고, 당선되었다고 '이 정도' 씨와 가까이 하면 안 됩니다. 그랬다간 그대는 언제까지나 이 정도가 아니라 그 정도밖에 못 쓰는 이가 되리라. 예술 세계에서 '이 정도' 면 죽음이라오. 세상은 넓고 빼어난 이는 한없이 많다오. 이 정도 씨를 멀리하고 사귀지 마세요.(2013. 12. 8)

아이들이나 어른들이 좋아할 새로운 동시를 기다리며

요즘 시를 읽으면 활자화 되었다는 것뿐이지 마음에 와 닿지 않는 작품이 많다. 무언가 표현은 했는데 그것이 뚜렷이 보이지 않고 맛도 느껴지지 않는다. 어쩌다 시 속의 사물이 눈에 들어오긴 하나 고속열차에서 보는 듯 언뜻 스쳐 갈 뿐이다.

자유분방한 상상력을 지닌 시인도 얼마 못 가서 일정한 패턴을 반복하는 경향을 보인다. 그래서인지 요즘 더욱더 새로운 시인이 기다려진다. 무뎌져 가는 감각을 화들짝 놀라게 해 주거나, 마음결에 닿아 울림을 주는 시를 만나기가 어렵다. 하다못해 읽는 재미라도 주어야 하는데 그게 없다.

동시도 시인의 삶과 미의식의 총괄적인 산물이다.

예비 시인들이여, 일부러 독자를 의식해서 수준을 낮춘다는 생각을 버려라.

아이들에게 주는 뻔한 시를 쓰지 말고 아이들의 감각을 건드려 주는 시를 써라.

말을 바꾸어 다음 세 가지 기준으로 응모 작품들을 살펴보았다.

첫째, 직접 보는 듯 생생하게 그림이 그려지는가?
둘째, 상상이든 생활이든 설득력이 있는가?
셋째, 새로운 소재를 찾아 쓰고 자기만의 발견(표현)이 있는가?

(『어린이와 문학』 2014년 8월호, 「새로운 시인을 기다리며」)

이 잡지 8월호에서 읽을 글은 동시에 대한 이 글뿐이었다. 게재된 동시 중에서 눈에 들어오는 작품은 슬프게도 하나도 없었다.

(2014. 8. 4)

4

글쓰기와 관련된 글

이규보의 글쓰기

소년 시절에는 가사를 지어서 붓을 잡으면 멈출 줄 몰랐었지.

스스로 아름다운 구슬처럼 여겼으니 누가 감히 하자를 논하겠는가.

뒷날에 다시 검열해 보니 편편마다 좋은 글귀 하나도 없네.

차마(글 모은) 상자를 더럽힐 수 없어 불살라서 밥 짓는 데 버렸다네.

작년의 글들을 금년에 살펴보니 한결같이 버릴 것 밖에 없네.

고상시(사람 이름)는 이런 까닭으로 오십이 되어서야 비로소 시를 지었겠지.

자기 작품에 대한 검열이 서릿발처럼 매서움을 본다.

한결같이 버릴 것밖에 없다는 것을 안다면 이미 그는 어떤 경지에 오른 사람이리라.(2007. 4. 5)

글 잘라내기

  글쓰기 이론가들은 작가가 스스로 잘라내기를 하는 행위가 행복
한 사람의 자살만큼이나 어려운 일이라고 말한다. 잘라내기를 살인
이라고 부르기도 한다. 혹시 누가 몇 단어 잘라내자고 건의하고 밑
줄이라도 쳐놓은 부분을 보면 죽은 자식의 불알을 만지는 기분까지
느끼기가 보통이다. (…) 아무도 건드려서는 안 될 만큼 자신의 글이
최고라는 고집은 초보 작가의 과대망상증의 대표적인 경우처럼 여
겨진다. 남의 글을 잘라내듯 자신의 글을 잘라낼 줄 아는 능력은 참
된 작가가 되는 첫걸음이요 지름길이다.

  (『안정효의 글쓰기 만보』)

현실에선 두 가지 유형이 있다

1. 옳은 지적을 했는데도 자기 작품이 최고인 양 펄쩍 뛰는 사람
  (과대망상증에 걸린 작가)

2. 제 앞가림도 못하면서 남의 작품을 엉터리로 지적하거나 그릇
  판단하는 사람

'당신이나 잘 하세요'에 해당될 작가로, 루쉰은 이런 사람을 가리
켜 '자기의 단점으로 남의 장점'을 보는 사람이라고 했다. 자신의 장
점으로 남의 단점을 봐도 제대로 볼까말까 하는데, 자기의 단점으로
남의 장점을 보려고 해서야 되겠나?

결국 1과 2는 겸손이 부족한 사람이다. 주위를 둘러보면 자신을 모르는, 겸손하지 못한 이들이 상당히 많다. 나도 여기에선 자유롭지 못하기에 경계하는 마음에서 이 글을 썼다.(2007. 8. 27)

한 시인이 한 말

1. 글을 써서 제일 좋은 일은?

글을 써서 제일 좋은 일은, 어떤 일을 당해도 '글은 쓸 수 있으리라'는 믿음이 아닐까. 억울한 일을 당해도, 슬픈 일이 있어도, 험한일을 겪어도, 글로 쓰고 나면 절반은 벗어날 수 있으리라는 믿음. 나는 말로 못하는 것을 글로 쓸 수 있다는 것이 너무 좋다.

2. 시를 쓰고 있는 동안은

시 쓰는 일은 정말 특별하다. 다른 종류의 글들은 책임을 맡으면어떻게든 써낼 수 있지만, 시는 자기 쪽에서 찾아오기를 기다려야한다. 다른 글들이 친구라면, 시는 사랑하는 사람 같다. 그것도 내가짝사랑하는 사람. 그래서 시가 다가오려고 하면 가슴이 두근거린다.어떨 때는 일 년이 다 되어가도록 한 편도 찾아오지 않고, 어떨 때는하루에도 두어 편, 머리로 입으로 웅얼거리는 것이 다 시가 되기도한다.

3. 내가 생각하는 좋은 시

솔직담백한 시가 좋다.

시대를 초월하는 시도 있고 시대를 반영하는 시도 있다.

이야기꾼 시인이 쓴 시에 매력을 느낀다.

평범하면서도 특별한 시.

(『시평』2006년 겨울호) (2006. 12. 30)

문학은 마라톤

마라톤에서 초반 달리기가 우승을 결정짓는 것은 아니다.

후반 달리기가 더 중요하다. 초반이나 후반이나 꾸준한 속도로 빨리 달린다면 더 좋겠지. 요새는 그런 선수가 우승을 하지만.

문학도 이와 같다. 천재들이야 일찌감치 불후의 명작을 탄생시키고 유성처럼 사라질 수 있다. 그러나 평범한 이들은 꾸준히 정진한 결과의 노작으로 대신할 길밖에 없다. 마라톤 주자와 같다. 문학상 많이 받아도 작품이 남지 않는 이가 얼마나 많은가? 시세에 민감하거나 시류에 휩쓸리면 안 된다. 좌고우면하지 말고 자기 소신대로 묵묵히 꾸준히 정진하면 된다.(2007. 11. 12)

글 고치기와 지적 받아들이기

시를 쓰려는 사람들 중의 상당수는 어떤 환상을 강하게 가지고 있다. 다른 사람의 비판이나 지적을 좀처럼 받아들이지 않으려는 그들의 마음속에는 자기도 모르는 자기 탐닉적 주관성이 완강하게 자리 잡고 있는 경우가 많다. 물론 천재의 시가 있다. 김소월이나 정지용과 같은 경우가 그 예일 것이다. 그러나 김소월은 물론 정지용의 경우에도 단어 하나 시 한 줄의 첨삭 과정을 살펴보면 그들 또한 누구보다 치밀하게 초고를 가다듬었던 사실을 확인할 수 있다.

교단에서 창작 지망생을 많이 접하는 나의 경우 수많은 학생들에게 그들의 장단점을 지적해 주었는데, 그들 중의 어떤 이는 몇 마디 언급을 발판으로 새롭게 태어나는 사람이 있는가 하면, 아무리 지적해 주어도 절대로 자기주장을 고치지 않아 별다른 진척을 이루지 못한 사람도 있었다.

남들의 모든 지적을 수용할 수는 없는 것이다. 그리고 그들의 지적만 듣고 있을 필요도 없다. 그러나 제3자의 지적을 심각하게 음미하여 자신의 약점을 발견하고 이를 수정하는 사람이 좋은 시를 쓰게 된다고 말해 주고 싶다.

좋은 시를 쓰려는 사람에게 두루뭉술한 지적이나 모호한 칭찬은 결코 도움 되지 않는다. 직접적이고 신랄한 지적일수록 도움이 된다.

(나의 '시 관련 자료 모음' 공책에 적어두었던 것 발췌) (2007. 12. 10)

크고 넓은 눈으로 세상을 보려고 해야

미등단자가 초고를 봐 달라고 해서 이렇게 저렇게 고치면 좋겠다고, 아주 구체적으로 조언(혹은 가르침)을 해 줬다고 해서 작품이 완성되는 것은 아니다.

다시 말하면 시상이 좋지 않으면 아무리 조언을 해줘도, 아니 아예 조언자가 나서서 직접 손을 댄다 해도 작품이 되는 건 절대 아니다. 그만큼 초고에 담긴 시의 씨앗이 중요하다는 것이다. 시의 씨앗은 조언자의 것이 아니다.

어떤 이가 조언을 받아 당선됐다고 하더라도, 그건 그만큼 시의 씨앗이 좋았기 때문이고, 조언을 자기 것으로 받아들여 훌륭하게 작품화 했기 때문이다. 즉 조언을 청한 이가 조언자의 조언을 폭넓게 제대로 잘 받아들여 열심히 자기 작품으로 만든 결과물이라는 것이다.

조언을 잘 받아들여 작품을 더 나은 방향으로 완성시켜 가는 것도 본인의 능력 중 하나다. 이 점을 우리는 잊고 있다. 조언을 잘 받아들여 작품을 더욱 확장시키고 완성시켜 나가는 이를 보면 '앞으로 시를 잘 쓸 수 있겠다'고 속으로 평가한다.

동시인들은 엘리엇(T. S. Eliot)의 「황무지」가 어떻게 탄생하였는가를 알 필요가 있다. 엘리엇은 기성시인이었지만 에즈라 파운드의 조언을 받아들여 「황무지」를 명시로 탄생시켰다. 그 뒤 엘리엇은 시집

서문에서 '나보다 더 위대한 예술가'란 찬사를 에즈라 파운드에게 바쳤다. 얼마나 감동적인 일인가?

조언을 받아 작품을 완성했으면서도, 조언자에게 감사할 줄 모르고 100% 자기 자신이 쓴 양 시치미 뚝 떼는 사람이 있다면, 그는 비겁한 인격체이다.

깊고 넓은 눈으로 세상을 보려고 해야 한다. 대범해지려고 해야 한다.(2008. 2. 22)

천재와 천치

처음으로 미인을 꽃에다 비유한 사람은 천재이다.

그러나 두 번째로 말한 사람은 천치이다.

(볼테르)

볼테르의 말을 듣고 보니 과연 그렇다.

이 세상에 천재는 드물고 천치는 많다. 나도 천치, 너도 천치. 그러니 겸손하자.(2008. 3. 5)

인기 소설가의 말

　권정생 형을 만나러 안동으로 가던 버스 안에서였다. 라디오에서 흘러나오는 소리를 듣는데 마침 작가와의 대담이었다.

　작가는 공지영 씨인데 이런 말을 했다.

　"나는 작품에서 편집자들의 의견을 30~40% 받아들인다. 그러나 절대로 받아들일 수 없는 것은 받아들이지 않는다." 이 말을 듣고 '베스트셀러 작가 공지영도 출판 전에 편집자의(실제로는 출판사 편집팀을 뜻하는 거겠지만) 의견을, 그것도 30%나 받아들이는구나.' 하고 깜짝 놀랐다.

　이와 대조될 일도 있었다. 한 동화작가가 내게 말하길 편집자가 자기 작품을 보고 이러쿵저러쿵 하면서 고치라고 해서 기분 나쁘다고 했다. 이 말을 듣고 나는 이 작가가 뭘 모르는구나, 했다. 이 작가는 새내기였다. 유능한 편집자를 만나 작품에 대한 의견과 조언을 듣고 조율을 거친다는 것은 작가로서는 큰 행운이다.

　아마추어 골퍼에겐 코치가 없다. 저 혼자다. 프로 골퍼에겐 유능한 코치가 있다. 아마와 프로의 세계가 여기서 갈라진다. 자비 출판은 아마추어 골퍼가 제 생각으로만 골프를 치는 것과 같고, 인세 출판은 프로 골퍼가 코치의 조언을 받아들여 골프를 치는 것과 같다. 코치가 유능하면 유능할수록 좋겠지. 일급 출판사엔 유능한 코치가 있고, 삼류 출판사엔 코치가 있어도 형편없거나 아니면 아예 없거나 그렇다고 본다.

일급 출판사에서 책 내려면 엄격한 검열 과정을 거쳐야 한다는 것을 알아야 한다. 예전엔 이러지 않았다. 작가가 원고를 주면 그대로 싣고 교정만 봤다. 지금은 완전히 미국식이다.(미국에서는 이렇게 한다는 것을 책에서 봤다.)

우리 아동문학인들은 어찌 보면 세상 물정 모르는 순진한 이들이다. 나도 마찬가지겠지만. 그래서 자기 작품 지적하면 펄쩍 뛰는지도 모른다. 이런 이들은 평생 자비 출판이나 하면서 자기만족에 빠져 살아야 할 것이다. 그의 독자라면 바로 자기 자신이거나 가족, 가까운 동료들이겠지만.(2008. 4. 18)

작가는 태어나는가, 만들어지는가?

어떤 사람은 타고난 재능은 있지만 노력이 부족한 사람이 있고, 어떤 사람은 노력은 하지만 재능이 부족해 안타까운 경우도 있다.

터키 출신의 소설가 오르한 파묵(Orhan Pamuk)은 이런 요지의 말을 어느 지면에서 했다.

"그러면 누가 날 보고 당신은 어느 쪽인가, 하고 묻는다면 나는 재능은 조금 타고 났지만 노력이 부족한 쪽이라고 대답하겠다. 왜냐하면 노력은 하는데 재능이 전혀 부족한 쪽이라고 하면 사실 자존심 상하고 희망도 없어 보이기에. 그러나 재능은 조금 있는데 노력이 부족하다고 여긴다면 한 가닥 희망은 있는 게 아닌가?"

그렇다면 나는 어디에 해당하는가?

나는 둘 모두에 해당한다. 재능도 없고 노력도 부족하다. 있다면 열정 하나뿐이라고. 열정만 있고 노력이 없다면 그 열정은 무모한 열정일 뿐이다.(2008. 5. 23)

시가 안 될 때는

"시가 안 될 때가 있다면, 그리고 시 쓰기가 너무 괴롭고 난해하게 느껴질 때가 있다면, 그때가 바로 나는 머리로 쓰고 있는 것이 아닌가, 하는 물음을 자신에게 던져봐야 한다."(서정주)

말놀이 동시는 주로 머리를 동원하지만, 다른 유형의 동시는 정말 가슴으로 느낀 걸 써야 한다. 머리로 쓰려고 하면 머리가 아파 폭발해 버릴지도 모른다.

어떤 소재는 아무리 힘을 들여도 시가 잘 안 풀릴 때가 있다. 이 때는 버리든지 방기하고 기다리든지 해야 한다. 제대로 느끼지 않은 상태에서 성급하게 쓰려고 덤비니까 그렇다. 시를 쓰는 이들이라면 이런 경험을 여러 번 해봤을 것이다.

시는 자기 가까이 있다. 자신을 둘러 싼 세계를 외면할 때 시가 막연해지고 팍팍해진다고 했다. 초보자일수록 시를 쓸 때 소재를 먼 곳에서, 또는 자신과 무관한 곳에서 특이한 것을 찾으려 한다. 그러다 보니 작품이 관념적이 되거나 작위성에 빠져 공감과 감동이 사라져 버린다.(2008. 10. 14)

좋은 시는 자기만의 생각에 개성적인 표현을 가진다

"비슷한 표현이란 게 참 애매할 때가 있는 게 아닐까요? 사실 고대에서부터 내려온 모든 시들 다 보면 쓸 시 하나도 없습니다. 비슷한 표현들이 부지기수지요."

'이 작품 어떻게 보세요' 방에서 본 댓글 중 하나가 눈에 들어왔기에 위에다 옮겨 보았다. 이 분은 뭔가 잘못 알고 있고 크게 착각을 하고 있다.

1. 비슷한 표현이란 게 참 애매할 때가 있다는 말에 대해
비슷한 표현은 비슷한 표현이지 뭐가 애매하다는 것인지 모르겠다. 비슷한 표현이라고 여겨지는 것은 이미 기성화된 것이고, 관습화된 것이라고 보면 된다. 왜 비슷한 표현이 나오는가? 미당은 이런 뜻의 말을 했다. 게으른 시인은 이미 관습화된 말이나 남이 쓴 멋진 말을 짜깁기해서 쓴다고 했다. 어디서 본 표현을 무의식적으로(게으르게) 흉내 내면 그게 비슷한 표현이 된다. 비슷한 표현은 시를 개념적으로 관념적으로 쓰는 사람한테서 많이 발견된다.
자기가 절실히 느낀 것을 쓴 시에서는 그런 게 없다. 어디서 본 것 같은 표현이라는 생각이 들면 그건 낡은 것이고, 누가 써먹은 것이라고 생각하면 된다. 왜? 자기도 어디서 보기는 봤기 때문에 그런 느

낌이 든 것이다. 좋은 시는 자기만이 느낀 것을 자기 말로 쓴 것이기에 독자들이 읽으면 낯설게 느껴지고, 새롭게 느껴지고 감동을 받는다.

2. 사실 고대에서부터 내려온 모든 시들을 다 보면 쓸 시 하나도 없습니다. 비슷한 표현들이 부지기수지요.

그러니까 고대에서부터 내려오는 시를 읽다 보면 내가 써야 할 시가 없다? 이미 좋은 표현은 다 써먹어 버려서. 이런 주장을 하는 것 같은데, 착각을 해도 크게 착각을 하고 있다. 그런 생각이 든다면 그대는 시를 안 쓰는 게 좋다. 앞으로 시를 써 봐야 앞서 간 시인들의 표현을 모방하는 것밖에 안 될 테니까.

예를 들어 고대에서부터 현대에 이르기까지 수많은 시인들이 봄을 소재로 삼아 쓴 시가 많지만, 그 봄은 똑같은 봄이 아니다. 조선시대에 살던 시인이 느낀 봄과, 21세기에 사는 시인이 느낀 봄은 절대로 같을 수 없다. 왜? 잎 피고 꽃이 피는 자연현상은 다르지 않겠지만 봄을 느끼는 주체가 다르다는 것이다.

우선 사람이 다르고, 삶이 다르고, 정서가 다르고, 사용하는 언어(시대적인 언어)가 다르기 때문이다. 그래서 지구 종말이 올 때까지 봄을 소재로 한 명시는 계속 나올 것이다. 같은 시대에 산다고 해도 사는 곳에 따라, 사람에 따라, 사는 처지에 따라 느끼는 봄은 다르다.

봄의 사전적 의미나 자연현상은 영원히 변치 않겠지만, 시대에 따라, 봄을 대하는 주체에 따라, 봄은 얼마든지 다르게 해석되고 다르게 표현될 수 있다. 그래서 한 사람의 시인이 태어났다고 하면, 이 세계를 새롭게 해석한 한 사람이 태어났다고 말하는 것이다. 그렇지 않은 사람은 시인이 아니고 그냥 일반인이다.

봄에는 잎이 파릇파릇 피지요, 어떻고 저떻고 하면 그 사람은 봄을 새롭게 해석한 게 아니고, 이미 다 알고 있는 봄을 관용어로 되풀이한 것밖에 안 된다. 그렇게 쓰면 그건 시가 아니다. 파릇파릇 피어나는 모습을 이제까지 남이 안 쓴 언어로 새로운 시각으로 표현할 때, 그는 개성적인 시인이며 그의 시 「봄」은 살아남을 것이다.

시를 읽다가 진부하다, 상투적이다, 개념적이다, 관념적이다, 어디서 본 것 같다, 라는 느낌이나 생각이 들면, 시를 읽다가도 버려라. 이런 판단에까지 이르려면 시를 많이 읽어야 한다. 그래서 시를 알려면 시를 많이 읽어야 한다는 것이다.

고기도 먹어 본 사람이 고기 맛을 안다는 이치와 같다. 나 같은 사람은 쇠고기를 많이 안 먹어 봐서 수입산과 한우의 고기 맛을 전혀 분간 못한다.

견문이 얕은 사람은 자기가 산 물건이 최신 것인 줄 알겠지만 이미 한물간 것이라는 걸 모른다.

어떤 이는 남의 시를 많이 읽다 보면 은연중 자기도 모방을 하게 마련이어서 안 읽는다고 하는데, 누가 끌려가라고 했나? 남의 시를 읽고 시가 무엇인 줄 알았으면 거기서 벗어나 자기 길로 가야지 왜 거기에 달라붙어 있나?

"사실 고대에서부터 내려온 모든 시들을 보면 쓸 시 하나도 없습니다. 비슷한 표현들이 부지기수지요."

시를 얼마나 읽고 이런 말을 하는지 모르지만, 함부로 '부지기수'

라고 하면 욕먹는다. 내 좁은 견문으로 봐도 동서고금의 명시치고 비슷한 시 한 편도 없다. 남의 것과 비슷하게 표현한 그런 시는 아무리 많이 태어나도 바로 사라진다.(2008. 10. 2)

진정한 예술품이란

톨스토이의 예술론에서 '예술이란 무엇인가'를 보면 이런 내용이 나온다.

　만일 작자의 정신 상태에 감동되어 그 정서와 감정을 느끼고 그로 인해 다른 사람과의 결합을 확실히 느낄 수 있다면, 그것을 환기시키는 작용이야말로 진정한 예술품이다. 그러나 만일 그러한 감동력도 없을 뿐 아니라 작자 및 그 작품에 의하여 감동되는 다른 독자와의 결합조차도 없다면 그것은 예술이 아니다.

감염은 예술의 확실한 증명이고, 감염력의 강도는 예술의 우열을 정하는 유일한 표준이다. 감염력이 강하면 강할수록 훌륭한 예술이라고 말할 수 있다.

예술의 감염력의 정도는 다음의 세 가지 조건에 의한다고 했다.

1. 전해지는 개성적 감정의 많고 적음.
2. 전해지는 감정의 정확함의 여하.
3. 예술가의 진심, 즉 예술가가 전하려는 정서를 자기 자신으로 느끼는 힘의 강약.

톨스토이의 말은 독자를 감염시키는 감염력이 강하면 강할수록 좋은 작품이라는 것인데, 감염력을 가지려면, 작품이 개성적이어야 하고, 작품에서 표현이 명확해야 하며, 작품이 진지함을 지녀야 한다는 것이다. 이를 동시 창작에다 적용하더라도 마찬가지다.

표현이 명확(명료)하고, 진지함을 갖고 있고, 개성적이라면 좋은 동시라고 하겠다.

그러나 발표되는 많은 동시들을 보면 표현이 명확치 못해 전달에 장애를 일으키게 한다. 아이들에게 읽힐 동시가 명확치 못하다면 감염은커녕 바로 외면당할 것이다.(2008. 11. 13)

학문과 창작

　학문을 하려면 낮은 단계에서 시작하여 점차 높은 단계로 차근차근 올라가야 한다. 그러나 문장(창작) 공부는 반대로 해야 한다. 높은 단계에 있는 좋은 문장, 좋은 작품을 읽어야 한다. 그래서 명작을 읽는 것이다.(2008. 11. 19)

프로스트의 글쓰기 지도법

　프로스트는 농부 시인이면서 교수로 교단에 서기도 했다. 다음은 프로스트와 학생들 사이에 있었던 일화다.

　어느 날 교탁 위에 산적한 학생들의 리포트를 보고 프로스트는 학생들에게 이렇게 말했다.

　"보존해 두고 싶은 리포트가 있습니까?"

　학생들은 아니라고 고개를 저었다. 프로스트는 다시 한 번 학생들을 향해 물었다. 학생들은 역시 아니오, 라고 하며 고개를 저었다. 그래서 다시 또 물어보았다. 대답은 역시 아니오였다. 그러자 프로스트는 이렇게 말했다.

　"좋아. 제군이 보존할 만한 가치를 가지고 있지 않는 것이라면 나는 읽을 가치를 가지고 있지 않다고 생각한다."

　프로스트는 학생들의 리포트를 모두 쓰레기통에 던져 버렸다. 그러면서 이렇게 말했다.

　"나는 적당히 쓴 작품을 적당히 읽는 인간은 결코 아니다."

　프로스트는 학생들에게 스스로 무엇인가를 발견하기를 권하였다. 그래서 저마다 책상 위에 작은 종이를 놓아두고 있다가 새가 창밖을 스쳐가는 것이 보일 것 같으면 무엇이고 쓰게 하였다.

　이러한 직관력은 장차 사회에 나가 저들의 능력을 시험하는 데

도움이 될 것이라 믿었다. 이렇게 해서 적어낸 학생들의 작품을 프로스트는 첨삭하는 일이 없었다.

　나도 프로스트 흉내를 좀 내어 적당히 쓴 작품을 적당히 읽는 인간은 되지 말아야겠다.(2008. 11 .28)

현대시는 제작하는 것이다

원론적인 말인데, 현대시는 제작(制作)하는 것이라고 한다. 제작(製作)은 단순히 만드는 것이고, 제작(制作)은 각고하는 집념으로 시상과 끈질기게 대결하는 자세를 뜻한다고 했다.

낭만주의 시대에는 시를 읊는다고 했다. 자연발생적으로 일어나는 감흥에 못 이겨 감정을 읊으면 되었다. '시 한 수 읊어 봐'였다.

습작시에서 볼 수 있는 큰 결점이 바로 '읊는' 것에 머무는 것이다. 아니면 시상과의 대결에 밀려, 지쳐서, 상투적으로 편하게 얼버무리고 마는 것이다. 이런 현상을 보이는 것은 각고하는 집념으로 시상과 끈질기게 대결하려는 각오가 부족하기 때문이다. 어떤 이는 이를 두고 시상을 물고 늘어지는 의지가 부족해서라고 말한다. 처음에는 세게 물었다가 뒷심이 달려 뒤로 나자빠지게 되면, 도로아미타불이니 사나운 도사견처럼 한번 물면 놓지 말 것이다.

나도 전에는 물기는 많이 물었는데, 치아가 시원찮아 그냥 놓아버린 적이 많다. 요새는 쇠고기도 질긴 것은 못 씹어서 껌 씹듯 질겅질겅 씹다가 뱉어 버리고 만다. 마른 오징어, 콩나물(어떤 콩나물은 괜찮지만), 시금치도 그렇다. "야야, 치근 좋을 때 많이 먹어라." 하시던 큰고모님 말씀이 생각난다. 치근 좋을 때(감각이랑 정신력이 싱싱할 때) 시상을 보면 꽉 물고 질근질근 씹어선 꿀꺽 삼킬 일이다.

동시 습작생들을 보면 묘사보다 진술이나 설명에 의존한다. 대상을 세밀히 관찰하고 이를 재생하는 힘이 부족하기 때문이다. 묘사가 안 되면 극단으로 말해 시나 소설을 쓸 생각을 하지 말아야 한다. 묘사라고 해서 이것저것 다 묘사하는 것이 아니다. 지배적인 것만 묘사하면 된다. 풍경화를 그릴 때 자기 눈에 인상 깊게 들어온 것만 선택해서 세밀하게 그리는 것과 같은 이치다.(2009. 1. 11)

쉬운 시와 어려운 시

어떤 시인이 한 말을 옮긴다.

"쉬운 시는 쓰기가 어렵고 어려운 시는 쓰기가 쉽다."

어렵게 쓴 시는 독자들이 읽지 않음에도 시인들은 시를 어렵게 쓰고 있다. 오로지 자기 취미나 취향, 기분에 취해 쓰기 때문이다. 그리고 '이상' 시를 뛰어난 시라고는 하지만 좋은 시라고는 할 수 없다고 말하기도 한다.

(「시인들이나 시 연구가가 읽는 시」에서)

일반 사람들이 왜 윤동주의 시를 좋아하는가를 알 필요가 있다. 대체로 어려운 시는 생명이 짧다고 한다. 이백과 두보의 시는 어렵지 않아 오랜 세월이 지나도 읽히고 있다. 서툰 이들이 시를 어렵게 쓴다. 즉 무슨 말인지도 모르게 쓴다. 그것은 표현 미숙이거나 명료치 못한 시상 때문이다. 그래서 하는 말이 이런 것이다. 조어를 쓰지 마라. 관념어, 추상어를 쓰지 마라. 문장을 정확하게 구사하라.

좋은 시는 편안한 마음으로 읽을 수 있는 시이고, 좋지 않은 시는 읽으면 머리를 아프게 한다.(단, 예외가 있다. 말라르메의 시는 난해하기로 유명하다. 그러나 이건 특별한 경우이니 예외로 치자.) 무슨 일에나 예외는

있다. 그 예외를 본받으려 하면 안 된다. 당신이 천재라면 그렇게 해

도 좋지만.(2009. 1. 13)

호된 습작기를 거쳐야

대학 교수인 모 시인은 문학 공부할 때를 이렇게 회상했다.

"저는 시 창작 실기를 서정주, 구상 두 분 선생님한테서 배웠습니다. 서정주 선생님은 제자들의 작품을 일언지하에 묵사발로 만드는 타입이었고, 구상 선생님은 조목조목 지적하여 난도질을 하는 타입이었습니다. 수업이 끝나면 맨 정신으로 집에 들어갈 수가 없었습니다.

막걸리 몇 잔으로 울화를 다스려야 집에 갈 수 있었는데, 요즈음 학생들에게 '앞으로는 이런 시는 제발 쓰지 말게.' '이건 도무지 시라곤 할 수 없구먼.' 같은 말을 하면 시 쓰기를 일찌감치 포기해 버릴 것입니다. 억지로라도 좋은 점을 찾아내 칭찬의 말을 해 주려 애쓰는데, 이것은 정말 고역입니다."

습작하는 이들이 작품을 내게 보이면, 나도 "이건 동시가 아닙니다." "이건 도무지 무슨 내용인지 모르니 우선 말이나 통하게 쓰세요." "우선 시 읽기부터 하세요." "이건 어린이시보다도 말이 안 되게 썼네요." 하고 싶지만 기분 나쁘게 생각할까 되도록 좋게 말을 해 주려 하지만 참 힘이 든다. 호된 습작기를 거쳐야 좋은 시를 쓰게 된다.(2009. 1. 25)

모방과 모방자

아리스토텔레스가 『시학』에서 예술가는 모방자라 했는데, 이 말은 자연, 사물, 인간에 대한 모방을 뜻하는 것이지 남의 작품을 모방, 흉내 낸다는 뜻이 아니다.

자연을 잘 모방하면 좋은 시(시인)가 되지만, 남의 작품을 모방하면 남의 옷을 빌려 입는 꼴이다.

작고한 모 시인이 한 말을 소개한다.

"일정한 습작 기간을 거치지 않고 좋은 그림을 그릴 수 없다. 그런데 처음부터 좋은 시(잘된 시)를 써야겠다는 욕망이 문제다. 이 과욕이 사고를 흐리게 한다. 즉 창조하는 즐거움보다 결과만 탐하게 되어 남의 것을 모방하게 되고, 얻어들은 지식을 나열하게 되고, 허황하게 꾸미는 것이다. 좋은 시는 결과에 욕심을 두지 않는, 아는 체하거나 흉내 내지 않는, 거짓 없이 쓴 글에서 나온다는 것을 잊지 말아야 한다."

창조하는 즐거움이 아니라 결과만 염두에 두니까 모방이나 표절을 하게 되는 것이다. 습작 시에는 좋은 작품을 텍스트로 모방해서 쓸 수도 있다. 그러나 어느 정도 시일이 지나면 모방이 아닌 영향을 받아 써야 한다. 영향을 받아서 쓰는 것과 모방은 확연히 다르다. 남의 시상을 모방하거나 표현을 모방하게 되면 자기도 모르게 창의성을 잃게 된다.

어떤 사람은 영향 받는 것도 싫어 남의 작품은 일체 안 읽는다고 하는데, 이건 말이 안 되는 소리다. 교과서에서 읽은 시는 남의 작품이 아닌가? 결벽성을 가지는 것은 좋은 일이나 극단이다.

창작을 하다 보면 은연중 자신도 모르게 모방에 빠지게 되는 경우도 있다. 이런 경우는 영향을 받은 쪽에 가까운 것인데, 고의성이 없기에 이해를 한다. 하지만 의식적으로 모방을 하게 되면 창조가 주는 즐거움을 진정으로 맛보지 못하게 된다. 모방으로 작품을 만든 그 찜찜함보다 좀 힘이 들더라도 자신의 창조로 얻는 즐거움이 더 값지지 않을까 한다.(2009. 2. 27)

시가 있어야 할 까닭과 쉬운 말

한 편의 시가 존재해야 할 이유는 그것을 통해서 시 이외의 장르
나 문화 현상들과는 다른 시적 감동을 얻을 수 있기 때문이다. 그런
데 오늘날 많은 시인들은 이 사실을 망각하고 있다.
(『우리말 살려쓰기』, 이오덕)

제목에 '~의'가 들어간 작품.

이제까지 내가 낸 동시집에 '의'가 들어간 제목을 조사해 보았다.

첫 시집 『강아지풀』에 '의'를 넣은 게 3편 발견되었다. 「어머니의
손」 「선생님의 눈」 「부처님의 집」. 2001년에 낸 『도토리나무가 부르
는 슬픈 노래』에 1편이 발견되었다. 제목은 「나무들의 사랑」. 부끄러
운 일이다. 「나무들도 사랑을 한다」 했으면 얼마나 부드럽고 듣기에
좋았을까. 그밖에 다른 시집에는 없었다.

성인시나 시집에서 제목은 물론이고, 문장에서도 '의'를 함부로
집어넣은 것 숱하게 본다. 속격으로 썼든 관형격으로 썼든, 특히 동
시 제목에 '의'를 넣는 바보짓은 시인들이라면 특별한 경우가 아니
고는 피해야 한다.(2009. 3. 20)

연암 박지원과 해학

　연암 박지원이야말로 조선 최고의 문장가요 글쓰기 이론가가 아닌가 한다. 연암이 쓴 글을 보면 해학이 많이 나오는데, 연암 연구가들의 말을 들어보자.

　"연암의 장난스런 필치는 한갓 언어유희가 아니라, 사물과 세계를 느끼고 표현하는 창조적인 하나의 미적 방식이다. 해학을 통해 상상력 및 언어의 상투성과 진부함을 깨뜨리며 새로운 감수성과 살아 숨 쉬는 언어의 세계로 우리를 이끈다." 연암은 글을 쓸 때 절대로 상투적으로 쓰지 않으려고 했다.

　동시를 보면 관습적 인식에 의한 사물 파악, 상투적 상상력, 상투적 시상 전개, 표현을 쉽게 볼 수 있다. 기존 동시문단 회원들의 많은 작품이 그러하다. 그런 작품을 읽은 지망생들 작품이 또한 그러하다.

　그리고 동시를 쓸 때 "한갓 언어유희가 아닌, 사물과 세계를 느끼고 표현하는 하나의 미적 방식"으로 해학이나 유머, 말놀이(말유희)가 되어야 하는데, 그게 아닌 한갓 말장난에 머문 것도 본다. 말장난은 말 그대로 장난이지 놀이나 유희는 아닌 것이다.(2009. 3. 25)

필사하기

나는 요즘 이런저런 시론집에서 예시로 든 시 중에서

1) 마음에 드는 시 2) 수사법 중 환유나 제유를 설명하기 위해 예시로 선택한 시처럼 자료가 될 시가 보이면 선택해서 하루에 한 편이나 두 편씩 내 시를 쓰듯이 정성껏 필사하고 있다. 필사를 하다 보면 잘못된 문장이 아닌가? 왜 이렇게 표현했을까? 하는 생각이 들게 하는 시도 보이고, 또 창작의 비밀을 짐작케 하는 것도 보게 되어 시 공부로는 역시 필사가 가장 좋은 방법이라고 여긴다.

나는 필사를 하면서 새로이 시 공부도 하고, 시 읽는 즐거움을 맛보려고 한다. 어깨가 아파서 하루에 한두 편밖에 필사하지 못하지만, 나중에 내가 세상과 작별할 때가 오면 누군가에게 기념으로 줘도 좋겠지, 하면서.(2009. 4. 27)

보들레르와 파리의 우울

　그리고 당신이여, 나의 신이여, 내가 형편없는 인간이 아니며 내가 경멸하는 자들보다도 못하지 않다는 것을 나 자신에게 증명해 줄 아름다운 시 몇 개 쓰도록 은총을 내려 주소서.
　(『파리의 우울』, 보들레르)

　낭비벽이 심해 한 인간으로는 결함이 많았던 보들레르였지만 '시 쓰기'에서만은 치열함을 보였던 보들레르. 시집 『악의 꽃』을 위해 한 생을 살다 간 시인.

　보들레르는 미술평론가이기도 했다. 들라크루아와 루벤스를 좋아했다. 생전에 주목을 받지 못했던 그였지만 사후 그는 '현대시의 시조'로 불렸다. 천재 시인 랭보는 보들레르를 시신(詩神)이라 했다. 보들레르의 시로 프랑스 시는 처음으로 국경을 넘었다. 보들레르 연구 논문만 해도 전 세계에서 5만 편이 넘는다고 한다.

　"시의 신이여! 제게도 내가 경멸하는 자들보다도 못하지 않다는 것을 나 자신에게 증명해 줄 아름다운 시 몇 개 쓰도록 은총을 내려 주소서."

　보들레르적인 사람만이 보들레르를 좋아한다. 나는 보들레르적인 사람이 아니면서도 보들레르를 좋아한다. (2009. 6. 18)

알묘조장

맹자(孟子) '공손추상(公孫丑上)'에 보면 '알묘조장(揠苗助長)'이란 말이 나온다. 몹시 성미가 급하고 어리석은 사람이 자기 논의 모가 빨리 자랐으면 하고 밤낮으로 바랐다. 그러던 어느 날 무슨 좋은 생각이 떠올랐던지, 급히 논으로 달려가서는 모를 하나씩 쑥쑥 잡아당겨 올려 준 뒤 집에 돌아와서는 이렇게 말했다.

"온종일 모가 빨리 자라도록 해주느라 녹초가 됐다. 하지만 논의 모들은 많이 자랐어!" 아들이 듣고 이상한 생각이 들어 급히 논으로 뛰어가 보았더니, 모가 모두 뽑힌 채 말라죽어 있었다.

어떤 일을 이루는 데는 시간이 필요하다. 이것을 어기고 억지로 서두르면 도리어 일을 망치게 된다.

평균작이라도 되는 작품을 최소한 100편 이상은 가져야 하는데, 완성도가 떨어지는 작품 수십 편을 쓰고는 등단을 하려고 응모한다면 이게 바로 '알묘조장'이다.

나보다 좀 늦게 등단한 후배가 있는데 "나는 7년간 응모했는데 떨어졌다가 겨우 당선했다"(잡지 신인상)고 자랑 비슷하게 말하곤 했다.

나는 속으로 웃었다. 웃은 까닭은 이렇다.

첫째는 '응모할 수준의 작품이 안 되는 걸 가지고 응모'한 경우이다. 이럴 땐 7년이 아니라 70년을 떨어져도 당연한 것이 아닌가.

둘째로 수준은 되는데, 심사위원 잘못 만나 떨어진 경우이다. 이는 심사자의 취향 때문이다. 그야말로 운이 나빠서 그렇게 된 경우인데, 이런 경우는 다른 지면을 통해 곧바로 당선할 수 있다.

내가 볼 때 7년간 떨어진 후배는 7년간 떨어질 작품을 보냈기 때문이다. 작품이 안 되는 걸 가지고 '공모' 공고만 보면 덮어놓고 응모하는 사람들이 있다. 알묘조장에 나오는 어리석은 농부와 같다.

작품만 되면 햇빛을 보는 것은 시간문제일 뿐 서두를 것 하나 없다. 당선된다고 해서 이름이 텔레비전에 대문짝만 하게 나오는 것도 아니다. 사람들이 알아보고 사인해 달라고 할 일도 없다. 원고료 주는 청탁이 와르르 쏟아져 들어오는 것도 아니다. 그런데 뭘 그렇게 서두르나!

기성작가들 중에 당선 안 거치고 나온 사람 누가 있나? 막상 당선되고 나면 그 당선이라는 것도 어떤 지면이며 비중 나름이라는 걸 얼마 지나면 알게 될 터인데. 당선되면 약효가 최장 한 2년은 가려나. 좋은 작품이 써질 때까지 꾸준히 절차탁마하는 수련 과정이 필요하다.(2009. 6. 23)

작품 쓰기와 양질전화의 법칙

양질전화(量質轉化)는 철학 용어로 '양은 질로 변화해 간다'는 뜻이다. 그렇다면 양적 변화란 무엇이며 질적 변화란 무엇인가? 양적 변화란 양의 증감이나 장소 이동을 뜻하고, 질적 변화란 상태의 변화를 뜻하는 것이다. 양적 변화와 질적 변화는 상호 독립해서 존재하는 것이 아니라, 양적 변화를 통해 질적 변화가 일어난다는, 상호 불가분의 관계에 있다.

이를 창작에 적용하면 이렇다. 작품이 질적인 변화를 가지려면 양적인 변화 없이는 어렵다는 것이다. 즉 많이 써야 한다는 것인데, 많이 쓰다 보면 작품의 질이 좋아진다는 것이다. 어쩌다 생각나면 쓰는 식이어서는 질적 변화를 기대하기 어렵다. 자꾸 쓰다 보면 판단력도 생기고, 자기 비평 능력도 생겨 작품에 질적 변화가 일어나는 것이다.

'많이 읽고 많이 쓰고 많이 생각하자'는 말이 공연히 있는 것이 아니다. 여기에 덧붙여 '많이 관찰'하고 '많이 고친'다면 질적 변화는 더 빠르게 일어나리라.(2009. 6. 27)

이 위대한 시인은 누구인가

그는 유추와 상상력의 시인이다. 그는 모든 것을 변용시켜 표현할 줄 아는 상상력과 언어의 유연함을 지닌 천재 시인이다. 그가 꿈꾸는 혁명은 정치 사회적인 것이 아니라 시적인 것이었다.

그는 시에서는 친구들처럼 안일하게 지어 쉽게 발표하는 태도와는 뚜렷하게 달랐다. 그는 철저하게 퇴고탁마를 하는 고고한 시정신을 유지했다. 창작 연대와 발표 연대가 10년 이상 벌어지는 시편이 수두룩하다.

그는 시작(詩作)에서는 절차탁마와 신중함, 결벽을 지닌 시인이었다.

그는 시는 영혼을 자극하고 고양시켜야만 이름값을 할 수 있다고 했다.

그는 모든 아름다움은 모든 가능한 현상들처럼 영원한 것과 시류적인 것, 절대적인 것과 개별적인 것을 대표한다고 했다.

그는 말하기를 비평가는 작품 속에 존재해야 하며, 자신이 감상하고 경탄해 마지않는 작품을 '다른 언어로 소화하고 표현하는 사람'이라 했다. 또한, 비평가는 자신의 세계가 아닌 작품의 세계와 친숙해야 하고, 독자들에게 자신이 받은 '울림'을 유추와 은유를 통해 전달해야 한다고 했다.

그는 누구인가? 프랑스 시를 처음으로 국경을 넘게 한, 시인 중의
시인 보들레르이다.(2009. 7. 21)

작품은 우리의 작품이 되어야 한다

누가 작품을 봐 달라고 했다. 작품을 봐 준 뒤 작품이 안 좋다고 했더니, 내가 무슨 경향성으로 그러는 줄 아는지, 또 다른 사람에게 보였다는 걸 몇 개월 뒤에 알고 쓴웃음을 삼켰다. 내가 봐도 작품을 못 보는 사람에게.

그 사람이 뭣도 모르고 내게 말해 주어서 알았다. 다른 이에게 보인다고 나쁜 작품이 좋은 작품이 될까? 아예 불량 거울을 갖다 놓고 자기 얼굴이 잘 생겼다고 하는 게 낫지.

작명과 작품의 차이를 보자.

작명은 부모 마음에 들면 되는 것이니 기준이 없다. '시내'라 하든 '하늘'이라 하든 부모 마음이다. 작품은 그게 아니다. 자기가 좋다고 해서 되는 게 아니다. 자기 작품이 우리의 작품이 되어야 하는 것이다. 그렇지 않으면 자기 혼자만의 작품이 되는 것이다. 공감을 주는 작품이 그렇다.(2010. 8. 30)

귀신 그리기가 제일 쉽다

　어떤 사람이 제나라 왕을 위하여 그림을 그리겠다고 하였습니다. 그래서 왕이 물었습니다.

　"그림을 그리는 데 무엇을 그리기가 가장 어려운가?"

　"개와 말이 가장 어렵습니다."

　"그렇다면 무엇을 그리기가 가장 쉬운가?"

　"귀신 그리기가 가장 쉽습니다."

　"어째서 그런가?"

　"개나 말은 누구나 다 알고 있는 것으로 아침저녁으로 봅니다. 그러므로 똑같게 그리지 않으면 안 됩니다. 그러나 귀신은 모양이 없고, 또 누구나 본 일이 없기에 아무렇게나 그려도 되기 때문입니다."(한비자)

　글을 쓸 때나 그림을 그릴 때 실지로 본 것처럼 쓰고 그리는 것이 제일 어렵다. 눈앞에 보이는 꽃이나 나무를 그리는 것보다 보지 못한 상상의 세계를 그리는 게 더 쉽다. 아무도 보지 못한 귀신의 모양을 제 마음대로 그린들 누가 뭐라고 하겠나? 그러나 누구나 다 아는 말이나 개를 잘못 그리면 대번에 비웃음을 당한다.

　귀신 그리기를 한 것 같은 추상에다 주관적인 관념 동시들을 많이 본다.

귀신 그리기 열심히 하시오! 그리고 혼자 기뻐하시오. 또 서로 서로 칭찬 많이 하시오. 칭찬은 고래도 춤추게 한다니까. 춤 많이 추시오. 하지만 하나 알아둬야 할 것은 덮어놓고 춤을 추다가는 낭패 볼일도 있다는 것.(2010. 7. 13)

일류 시인

한 시인의 어떤 작품을 읽고 그의 다른 작품을 읽고 싶은 느낌을 받았다면, 그는 좋은 작품을 쓰는 일류 시인이다.(T. S. 엘리어트)

어떤 동시나 동시집은 읽고 난 뒤 실망할 때가 있다. 이때 그 사람에 대한 흥미는 급격하게 떨어진다. 그리고 그 사람은 시를 잘 못 쓰는 이로 머릿속에 각인된다. 그렇게 각인된 이들이 발표하는 후속 작품을 보면 '역시나' 할 때가 많다.

동시집의 경우도 마찬가지다. 첫 동시집에서 받았던 좋은 인상이 급전직하로 나빠질 때가 있다. 이 경우도 후속 작품이 의외로 태작이어서 그렇다. 결국은 뒷심 부족이라는 걸 증명한 셈인데, 그게 그 사람의 최대치라고 보면 된다.

그 사람 작품(작품집)을 보니 좋아서 다른 작품(작품집)도 보고 싶다는 생각이 들게 해야 한다.(2010. 8. 13)

형편없는 글

창의력은 메마르고 문체는 빈약하고 묘사는 처참하리만큼 부족
하나 엉터리만은 풍성한 그런 형편없는 글.

(『돈키호테』59장, 세르반테스)

오래 전에 돈키호테를 읽고 메모해 둔, 재미있었던 구절 중 하나
다. 깨알 같은 글씨체로 된, 40년 전에 나온 묵은 책을 작심하고 몇
달에 걸쳐서 정독했다. 메모를 해 가면서. 재미있는 표현이 많았다.

상상력 전무에 묘사는 뒷전이고, 아이 화자의 요설만 질펀한, 재
미라곤 하나도 없는 그런 동시. 혹은 관념만으로 써진, 미학이라곤
없는 동시. 개성이 안 보이는 평범한 동시들을 만나면 고통을 느낀
다.(2010. 9. 2)

문장과 표현

　명백하고 적합하고 바로 쓰인 말을 가지고 귀맛 좋고, 상쾌하고 분명한 문장을 써서 말하고자 하는 바를 말하고, 혼동이나 애매한 것이 없이 자신의 생각을 알아들을 수 있게 표현하면 된다.
　(『돈키호테』머리말, 세르반테스)

　말이 쉽지 세르반테스의 말대로 쓴다는 게 어디 쉬운 일인가.
　몇 줄 안 되는 문장도 제대로 안 되게 쓴 동시가 새내기들에게서 자주 보인다. 공연히 멋을 부리려 한 탓이다.(2010. 9. 4)

배움과는 거리가 먼 작가

지면에 발표된 작품을 보고 오류가 확실해서 지적했을 때 반응하는 이를 분류하면 다음과 같다.

1. 무조건 욕부터 하는 사람
2. 꼭 토를 달아 얄팍한 자존심을 지키려는 사람
3. 반감을 보였다가 막상 시집을 낼 때는 내가 고쳐 준 것을 슬며시 써먹는 사람
4. 분명히 잘못된 문장, 표현인 걸 아는데 끝까지 고집을 피우고 안 고치는 사람
5. 깨우쳐 주어서 고맙다고 쪽지라도 보내는 사람

1과 2는 아주 비루한 사람들이라 상종할 상대가 아니다. 이런 사람들이 바로 되도 않은 작품에 대해 서로 칭찬하는 인사들이다. 역겹다. 3은 이해해 줄 수 있는 사람이고, 4는 자기 망상에 빠진 이로 자기가 대단한 사람인 걸로 착각하고 있는 사람이다. 5는 자세가 좋은 사람. 함께 시를 이야기할 수 있는 사람이다.

내 경험에 의하면 그렇다. 용기도 없고, 겸손도 없고, 예의도 없고, 실력도 없으면서 아는 척하는 꼴사나운 사람들의 작품은 읽을 가치도 없거니와 지적해 줄 필요도 없다. 평생 엉터리로 쓰며 살게 내버려두어야 한다.

미당 선생도 작품에서 완성이라는 것은 없고 그저 던져질 뿐이라고 했다. 대가도 이랬는데 겨우 걸음마나 떼는 사람이야 말할 것도 없지 않은가. 작가는 배우는 사람이라는 말을 재삼 기억해 둘 필요가 있다.(2012. 1. 12)

힘을 들여서 쓰자 _ 내가 나에게

시에 현실이 묻어나든지 담겨 있어야 하는데, 재치나 부리려고 하면 가볍고 얕은 시밖에 못 쓴다. 현실에 바탕을 둔 시를 쓰자.

또한 쉽게 수박 겉핥기식으로 쓰면 결코 깊이 있는 시를 쓸 수 없다. 힘을 들여서 쓰자. 다른 이야 유행을 따라 겉만 화려하게 하든 말든.

말놀이 말유희 시라도 제대로 싱긋 웃음을 줄 정도가 되게 쓰자. 어색한 말장난, 말재간이나 부리는 일에 빠지지 말고 힘을 들여서 쓰자.

힘을 들여서 쓴다고 해서 관념으로 주제가 강한 걸 써야 한다고는 생각지 말자. 쉽게 가볍게 쓰지도 말고, 관념으로 무겁게도 쓰지도 말고, 오로지 오감에 의탁해 대상을 생동감 있게, 살아 있는 말로 표현하자. 진정성이 느껴지게 쓰자. 나만의 언어로 쓰자.

대상을 상투적으로 보지 말고 새로운 시각으로, 참신함이 느껴지도록 힘을 들여서 쓰자. 그리고 퇴고에 전력을 다 하자. 이것이 힘을 들여서 쓰는 것이다.(2012. 1. 16)

시가 써지지 않을 때는

애인한테서 문자 오듯이 날마다 시가 찾아온다면 얼마나 좋을까.

애인한테서 문자가 안 오면 자신이 문자를 보내면 되지만, 시는 보이지 않는 존재이기에 왜 문자를 안 보내느냐고 채근할 수도, 화를 낼 수도 없다. 기다리는 것 외에 별 뾰족한 방법이 없다.

그렇다고 마냥 넋 놓고 기다려서는 낭패를 본다. 촛불이라도 밝히고 있어야 한다. 만약 임(시)이 늦게라도 왔다가 방에 불이 꺼져 있어 그대로 발길을 돌리게 되는 일이라도 생긴다면 그야말로 낭패요, 애통할 일이 아니겠나. 임(시)이 올 때까지를 못 참아 불 끄고 잠들어 버릴 게 아니라, 바느질이라도 하면서 기다리는 정성이라도 있어야지.

시적 경험도 없이 일상의 사소한 이야기를 써 댄다고 해서 시가 되는 게 아니다. 연과 행만 갖추었다고 시가 되는 게 아니다.

사람들은 날마다 자기 나름으로 온갖 경험을 한다. 그러나 그 경험이 '시적 경험'이 되는 것은 아니다. 시적 경험이 없는 것은 시가 될 수 없다. 시적 경험이 있을 때 비로소 시가 된다.

시가 오지 않을 때는, 써 놓은 시를 열심히 고치는 일이 중요하다. 그게 바느질이라도 하며 기다리는 것이다.

내가 즐겨 말하는 게 있다. '퇴고 실력이 곧 작품 빚는 실력'이라고. 낱말을 고르고 문맥을 다듬는 것만 퇴고라고 여기면 큰 오산이다. 시상까지도 다듬는 것을 퇴고로 여겨야 한다.

　퇴고를 할 때도 작품을 해부하듯 해야 한다. 불필요한 것은 잘라내고 다시 편집하는 것이다. 편집하다 보면 새로운 형태의 조형물이 탄생하기도 한다. 이런 작업이라도 하면서 시가 오기를 기다려야 한다. 아니면 남의 작품을 꼼꼼히 다시 읽으면서, 전에 미처 느끼지 못했던 것을 느끼었다면 필사라도 하든지. 아니면 새로 나온 시집을 읽든지, 그 무엇이라도 하면서 지내야 한다. 그냥 시를 써야 한다는 강박감에 사로잡혀, 억지로 쓴다고 해서 시가 되는 건 아니다. 그건 시간 낭비일 뿐이다.(2012. 1. 25)

낡은 것을 깨뜨려야 한다

> 새는 알에서 나오려고 싸운다. 알은 새의 세계이다.
> 태어나려고 하는 자는 하나의 세계를 깨뜨리지 않으면 안 된다.
> 새는 신을 향하여 날아간다. 그 신의 이름은 '아프락사스'다.
> (『데미안』, 헤르만 헤세)

태어나려고 하는 자는 낡은 세계를 깨뜨리지 않으면 안 된다.

새로운 시를 쓰려는 자는 새로운 발상과 형식, 표현으로 기존의 것(틀)을 깨뜨리려 해야 한다. 그러나 동시가 낡은 것을 깨뜨리려다 어린 독자를 잃는 잘못을 저질러서는 안 된다. 여기에 동시의 제약성과 특수성, 어려움이 있다.(2012. 3. 16)

'급수정'하는 '급성격'부터 '급수정'할 필요가 있다

    습작생이 타인의 지적이나 조언을 받으면 자존심이 상해서인지, 앉은 자리에서 급수정을 해 보이는 경우가 많다. 바람직하지 않은 자세이다. 만약 이 사람 저 사람이 지적한다면, 그때마다 급수정해야 하니 얼마나 피곤하고 고달플 것인가. 급수정은, 맞춤법에 어긋났다든가 아니면 토씨라도 빼먹었을 때 하는 것. 시상이나 표현을 급수정하는 것은 또 다른 급수정만을 불러올 뿐이다.

    지적을 받았더라도 마음을 가라앉힌 뒤, 한 며칠 동안이라도 요모조모로 고쳐 본 뒤여야 할 것이다. 발에 꼭 맞는 신발을 찾았다는 상태까지는 아니더라도, 그 근처까지는 갔다는 판단이 설 때 다시 내보이는 자세가 중요하다.

    서두르면 더 그르칠 뿐이니 앞으로 급수정하는 자세부터 급수정할 필요가 있음을 참고로 하면 좋겠다.(2012. 03. 21)

시와 취재

    내 작품 중 어떤 것은 사실 확인을 위해 일부러 그곳을 방문, 눈으로 확인하고, 주인에게 물어보고, 이야기 들어본 뒤에 초고를 쓴 게 있다.

    시를 쓰다 보면 소재에 따라 때로는 다리품을 팔아야 할 때가 있다. 취재는 소설에만 적용되는 것이 아니다. 시도 때로는 취재를 해야 할 경우가 있다.(2012. 4. 10)

시에서 제일 중요한 것은 시상

시상이 좋지 못한데 부분적인 흠을 지적해봐야 무의미하다. 비유하면 '목 달아날 죄수'에게 수염이 이러니저러니 하고 따지는 꼴과 같다. 목이 달아날 판인데, 수염이 헝클어졌든 그렇지 않든 그게 무슨 대수인가.

흠이 좀 보여도 시상(발상, 착상)이 개성적이고 매력적이면 좋다. 부분적인 흠은 고치면 되고, 또 고치기도 쉬우니까.

그러나 아무리 매끄럽게 써 놓아도 시상이 평범하거나 개념적, 혹은 근본적으로 문제가 있는 것은 부분을 아무리 다듬어도 허사다. 아예 새로 써야 한다. 새로 쓰게 되면 부분적인 흠은 자동으로 사라지게 된다.

작품을 보고 맞춤법이나 문장을 지적하는 것은, 기초적인 것도 등한히 하지 말라는 뜻에서이지 등한히 해도 좋다는 것은 결코 아니다.

시상도 평범한데 문장이나 맞춤법마저 흠이 있다면 더 큰 일이 아닌가. 습작할 때에는 작은 것에 매달리지 말아야 한다. 나무 전체를 보고 난 뒤에 가지와 잎을 세심히 살피는 식으로 해야 한다. 가지나 잎에만 자꾸 신경을 쓴다면 좋은 시가 나올 수가 없다. 작가는 교정을 보는 편집자와 다르다.(2012. 4. 13)

누구에게 배울 것인가, 이전에 알아둬야 할 것은

동시로 갓 등단한 사람이 나에게 점심 대접하겠다고 했다. 그런데 점심을 먹으면서 이야기를 나눠 보니 내 동시집은 읽지도 않은 것 같았다. 기분이 언짢았다. 그렇다면 호기심으로 날 만나고 싶었다는 건가?

누가 나에게 동시를 배우고 싶다고 했다. 그런데 내 동시집은 가지고 있지 않은 것 같았다. 실망스러웠고 불쾌했다. 이해할 수 없다는 생각이 들었다.

나는 문단에 나가지 않아 창작 외적인 것에 영향력이 없는 사람이다. 그런데 왜 나를 만나자거나, 나에게 배우겠다고 하는가? 내 작품을 읽지도 않았으면서. 나는 이런 이들을 멍청이라 한다.

물건을 사더라도 직접 보고 선택하거나 아니면 발품을 팔아서 비교해 보고 사는 게 아닌가? 더욱이 자신이 내 문하생이 되겠다면 나에 대한 것, 즉 내 작품을 읽어 본 뒤, 작품이 마음에 든다든가 아니면 안 든다든가, 그것부터 판단한 뒤 문하생이 될 것인가 말 것인가를 결정해야 하는 게 순서가 아닌가. '학교 선택'이나 '과' 선택을 아무렇게나 하나?

앞으로 나한테서 동시를 배우고 싶으면, 내 동시집을 반드시 읽고 나서 결정하라고 할 것이다. 이제까지 이러지 않았는데 앞으로는 그렇게 요구할 작정이다. 나는 내 공부하기에도 바쁘고, 내 작품 쓰기에도 바쁜 사람이다. 그런 나한테서 배우려면 최소한의 예의, 즉 내 동시집이라도 읽은 뒤 마음에 들면 요청해야 하는 게 아닌가? 이게 기본 자세이고 순서다. 좀 생각해서 결정하자.(2012. 7. 13)

이론은 강사 수준, 작품은 습작생 수준

모 단체에서 발간한 소책자를 보니 좋은 시, 좋은 동시를 쓰기 위해서는 어떠해야 하나라는 글이 실려 있었다. 그런데, 이 글을 쓴 이의 작품은 어떤가? 미안한 말이지만 읽어 본 적이 없다. 요새는 시인 지망생들이 이론서만 보아서 그런지 말은 원론적이어서 고개 끄덕여진다. 그런데 작품은 못 따라가고 있다. 그 까닭은 좋은 작품집을 통해 시를 배운 것이 아니고 강의만 들었기 때문이다. 즉, 읽기도 부족하고 쓰기도 부족한 상태에서 강의나 듣고 권위 없는 잡지에서 쉽게 등단(?)했기 때문이다. 잡지 내는 이들이 구독자 확보를 위해 미끼로 삼는 그 신인상이란 게 뭔가? 장사꾼 놀음이 아닌가?

이 분이 말한 것을 보자. 이론서에서 들은 말인지는 모르지만 모두 금과옥조로 삼을 만한 내용이다.

1. 내 시에는 시각, 촉각, 청각, 후각, 미각이 살아 있는가?

2. 시는 통찰력으로 경이로운 감동을 주는가?

3. 내 시에는 진정 독특한 그 무엇이 살아 있는가?

4. 하나의 이미지를 중심축으로 이미지를 전개하였는가?

5. 절실한 내용을 진실하게 이야기하고 있는가?

6. 생명과 자연환경의 중요성을 깨닫게 하는 글인가?

7. 표현 하나 하나에 긴장관계를 유지하면서 구조적으로 튼튼한 시인가?

8. 관념의 서술에 치우치지 않았는가?

9. 어린이의 마음을 지켜 주고 생각을 키워 주는 글인가?

10. 포장된 상념, 자기 정서에 빠지지 않았는가?

11. 무리한 비약이 있거나 난해하지 않는가?

12. 필요 없는 반복이 거듭되지 않았는가?

13. 지나치게 서술하여 명료성이 부족하지 않았는가?

14. 공연한 군말을 붙이지 않았는가?

15. 지나치게 설명적이지 않는가?

이 항목에서 한 가지라도 깨달았다면 작품이 좋아야 할 게 아닌가? 말은 '바람 풍' 하면서 작품은 '바담 풍'하는 격이니 이를 어쩌나?(2012. 7. 30)

100편 중 80편의 작품

열심히 써 둔 작품 중 80%의 작품은 당신의 작품을 발목 잡는 것들입니다. '아깝다'는 생각, '언젠가는 필요하겠지'란 마음을 버립시다. 20%를 퇴고하기에도 당신은 지금 힘에 벅차기 때문입니다.

시집 속 80%의 평범한 작품은 20%의 좋은 작품 때문에 존재합니다.(파레토의 법칙을 패러디 한 것)

미련이 있어서 80%에도 들지 못하는 작품도 버리지 못하는 게 창작자들이 갖는 공통된 심정일 것이라고 본다. 파레토 법칙, 또는 80 대 20 법칙(Pareto : 80 - 20 rule)이란 이렇다. '전체 결과의 80%가 전체 원인의 20%에서 일어나는 현상'을 가리킨다. 예를 들어, 20%의 고객이 백화점 전체 매출의 80%에 해당하는 만큼 쇼핑하는 현상을 설명할 때 이 용어를 사용한다. 2대 8 법칙이라고도 한다.

이 용어를 경영학에 처음으로 사용한 사람은 조셉 M. 주란이다. '이탈리아 인구의 20%가 이탈리아 전체 부의 80%를 가지고 있다'고 주장한 이탈리아의 경제학자 빌프레도 파레토의 이름에서 따왔다.(2012. 9. 17)

자기 작품에 대해

자기 작품에 대해 가장 못마땅해 하는 사람이 바로 자기 자신이 아니라면, 설령 그가 숱한 문학상에 빛나고 비평가들의 찬사에 에워싸여 있을지라도, 그는 습작생에 불과하다는 말이 있다.

자기 작품에 자기가 만족해서 자기 작품을 대단하게 여기면, 앞으로 나아가지 못한다. 물론 예외는 있다. 누가 봐도 잘 썼다고 인정할 때.(2013. 1. 8)

쉽게 쓰는 게 더 어렵다

독자가 이해하지 못하는 글처럼 쓰기 쉬운 것은 없다. 반대로 중요한 사상을 누구나 쉽게 이해할 수 있게 글을 쓰는 것만큼 어려운 것은 없다. 학식이 풍부한 사람일수록 쉽게 말하고, 학식이 부족한 사람일수록 어렵게 말한다.

(『쇼펜하우어 문장론』)

어떤 초심자들이 쓴 동시를 보면 이해하기 어렵다. 왜 어려우냐? 자기 혼자만 알게 쓰기 때문이다. 내용이 어려워서가 아니라 시상이 정리가 안 된 상태에서 그저 근사하게만 쓰려고 했기 때문이다.

동시는 읽으면 누구나 금방 이해할 수 있다. 그런데 해설이나 평을 보면 현학적일 정도로 어렵게 쓰고, 그 작품에 해당될 이론도 아닌데 거창한 이론을 붙여 쓴 게 보인다. 자기가 유식하다는 걸 드러내 보이려는 허세 때문이다.

서툰 사람일수록 어렵게 쓰고 능숙한 사람일수록 쉽게 쓴다. 어렵게 쓰는 것보다 쉽게 쓰는 게 더 어렵다는 걸 알 필요가 있다.

(2013. 1. 10)

자문자답하기

시(동시)란 뭐냐?

모른다. 알면 왜 쓸까. 그만 쓰고 말지. 잘 모르니까 이러고 있지.

내가 장님이라면 동시는 코끼리다. 코끼리가 어떻게 생겼는지 모르니까 알려고 하는 거다. 코도 만져 보고, 몸통도 만져 보고, 다리도 만져 보고, 꼬리도 만져 보고 그러는 거다. 장님이 아니라면 단박에 알겠지만 그게 아니니 그렇다. 모르니까 여기저기 만져 보면서 머릿속으로 생김새를 그려 보는 거다. 자꾸 만지다 보면 언젠가는 생김새를 대충은 알 수 있겠지.

지금 내가 말하는 모든 것은, 이제껏 만져 본 경험으로 이렇게 생긴 게 아닐까, 하는 것이다. 코끼리가 어떻게 생겼는지 다 알게 되면 흥미가 떨어져 계속 만지고 있을 필요가 없지. 그러니 나한테 묻지 말고 당신 혼자서 열심히 만져 보라. 코만 만져 보고는, 코끼리는 구렁이처럼 몸통이 길고 커다란 파충류라고 우기지 말고.(2013. 1. 28)

작품을 쓰다가 보면

작품을 쓰다가 보면 여러 모습을 만나게 된다. 처음부터 품에 쏙 안기듯이 안겨드는 놈. 이런 놈은 금방 시가 된다. 이런 놈 만나면 즐겁다.

처음부터 속은 안 썩이나 마무리에서 미적거리게 하는 놈. 이런 놈은 묵혔다가 보거나 인내심을 가지고 사랑의 단비를 주면 된다.

술술 써지긴 써졌으나 나중에 보니 특징이 없는 놈은 남의 눈에 띄게 성형 수술 좀 해 주세요, 하는 놈이다. 그러면 나 지금 여유 없으니 기다려라, 해야 한다.

처음부터 끝까지 속 썩이는 놈은 결국 고생만 시켜서 삭제 키에게 죽음을 당한다.(2013. 4. 3)

소재도 중요하지만 그보다는 새로운 눈

"진정한 발견은 새로운 풍경이 아니라 새로운 눈을 통해 이루어진다."(마르셀 프루스트)

시를 못 쓰고 있다는 말을 부지불식간에 할 때가 있다. 사실은 쓸 거리가 없어서일 것이다. 이 말 또한 정확한 표현이 아니다. 이렇게 정정돼야 한다. '지금은 새롭게 보는 눈이 없어서 쓰지 못 하고 있다'고.

쓸거리가 없어서가 아니라 새롭게 보는 눈이 막혀 있으니까 못 쓰고 있는 것이다. 어떤 이는 초조한 나머지 이름도 생소한 식물들을 지식으로 쓰기도 하고, 종교적인 것에 의지하기도 하고, 낡은 관념에 의지하기도 한다.

주변에 있는 어떤 대상을 새롭게 보게 될 때, 그것은 새로운 발견이며 우리는 그걸 '영감'이라고 부른다.

관습이나 상투가 아닌 새로운 시각, 새로운 관점으로 대상을 보게된다면 소재는 조금도 문제될 것이 없다. 창작자는 소재에만 의지하려 할 것이 아니라 '새로운 눈'을 가지려고 해야 할 것이다.

예컨대 누가 '달'에 대해 새로운 시각으로 썼다고 하자. 그걸 보고나도 '달'에 대해 써 보자며 작품을 쓴다면 십중팔구 그것은 실패작이다. '달'보다 중요한 것은 '시각'이다. 새로운 시각도 없이 남이 쓰니 나도 쓰자고 하는 것은 '거름 지고 장에 가는 격'이다. '마중물'을 소재로 쓴 시가 나오자 덩달아 '마중물'에 대해 쓴 작품들을 보았는데 씁쓸했다. 이게 바로 흉내 내기다.

남이 이미 쓴 소재는 되도록 거들떠보지 않아야 한다. 만약 같은 소재로 쓰고 싶다면 자기 나름의 개성적인 시각과 표현이 있어야 한다. 그게 없다면 좀 부족하더라도 자기가 찾아낸 새로운 소재로 쓰는 것이 백번 낫다. 못 쓰더라도 원숭이 창작자는 되지 말아야겠지.(2013. 12. 17)

자기 실력보다 앞서 나가면 견뎌내지 못한다

노자에 보면 이런 내용이 있다. 대충 옮기면 이렇다.

"한 집안을 다스릴 수 있는 자는 한 집안을 온전히 다스리지 못하고, 한 사회를 다스릴 수 있는 자는 한 사회를 온전히 다스리지 못하고, 한 나라를 다스릴 수 있는 자는 한 나라를 온전히 다스리지 못한다."

무슨 말이냐 하면 한 집안이나 한 사회, 한 나라를 다스리려면 한 집안, 한 사회, 한 나라를 다스릴 수 있는 능력 이상을 가져야 한다는 것이다.

예컨대 비유하면 이렇다. 3억짜리 집을 사려면 3억 이상의 돈을 가져야 된다. 그런데 가진 돈 탈탈 털어 3억으로 집을 사면 힘에 부칠 것이다. 요새는 은행 빚으로 집을 사는 사람이 많다. 집값이 오르기를 바라면서. 그런데 집값이 오르기는커녕 내리면 은행 이자 때문에 헉헉댈 것이다. 그러니까 여유를 가져야 한다는 것이다.

동시집 출간에다가 비유하자. 동시집 내려면 세 권 낼 작품 양을 가져야 한다. 그런데 힘에 부칠 정도로 자신의 능력을 넘어서 낸다고 치자. 그 다음은 어떻게 될 것인가? 상당한 기간 작품 때문에 고생을 해야 할 것이다.

"본인 실력보다 한 발 천천히 가야 성공할 수 있다"는 글을 오늘모 경제신문에서 보았다. 자기 실력은 50인데 70을 나간다면 견뎌

내지 못할 것이다.

자기 실력은 누구보다도 자신이 더 잘 안다. 자신을 과대평가하지 않도록 늘 경계할 일이다.(2014. 8. 2)

과대평가

　어느 신문에서 본 기사다. 자동차 운전자들에게 설문을 했는데 결과가 이렇게 나왔다는 기사였다. 설문 내용은 이렇다.
　"당신은 운전을 잘한다고 생각하십니까? 아니면 못한다고 생각하십니까?"

　결과가 어떻게 나왔을까? 사고를 많이 낸 운전자일수록 자신은 운전을 잘한다는 답이 나왔고, 사고가 없는 운전자일수록 자신은 운전을 잘 못하는 축에 속한다는 거였다. 재밌는 현상이 아닌가?
　인간들은 자신을 과대평가하고 싶어 한다. 그리고 타인에 대해선 과소평가를 하는 심리를 가지고 있다. 얼마나 자기 위주이며 얼마나 착각을 잘하는가. 착각은 자유라는 말이 있지만, 착각이 주는 허상에 빠지면 우물 안 개구리가 된다.

　당신은 작품을 잘 쓴다고 생각하는가?
　겉으로 드러내지 않아서이지 잠재의식은 대부분 자신은 잘 쓴다고 여기고 있다고 본다. 신인은 신인대로, 중견은 중견대로, 원로는 원로대로, 자신은 작품을 잘 쓰는 사람이라고 여기고 있다는 게 내 판단이다. 내가 겪어본 경험으로 그렇다.
　하기야 자신을 스스로 과대평가하는 자족의 보상도 없으면 무슨 재미로 작품을 쓰랴만, 그렇더라도 제발 겸손한 척이라도 해라. 그러지 않으면 사고 잘 치는 운전자, 음주운전자가 될지도 모른다. 그러다가 면허 취소라도 당하면 어찌할 거냐?

창작에 무슨 면허 취소가 있느냐고 강변할지 모르지만 사실은 있다. 작품집 내자마자 바로 소리 없이 사라지거나 동료들조차도 외면하면 그게 바로 면허 취소다.

당신은 작품을 잘 쓴다고 생각하는가? 자신을 과대평가하는 착각에 빠져 우물 안 개구리가 되는 일이 없기를 바란다. 그리고 평자들의 세치 혀끝에 인형극의 인형처럼 춤추는, 얼간이가 되지 않기를 바란다.(2019. 3. 8)

지은이 **권오삼**

1943년 경북 안동에서 태어났습니다. 1975년『월간문학』, 1976년『소년중앙문학상』당선으로 문단에 나왔습니다. 방정환문학상과 권정생문학상을 받았습니다. 동시집『고양이가 내 배 속에서』『똥 찾아가세요』『진짜랑 깨』『라면 맛있게 먹는 법』『나무들도 놀이를 한다』『개도 잔소리한다』『너도 나도 엄지척』외 5권을 썼습니다.